新潮文庫

もふもふ

犬猫まみれの短編集

カツセマサヒコ　山内マリコ
恩田陸　早見和真
結城光流　三川みり
二宮敦人　朱野帰子

新潮社版

11855

目次

もふもふ

犬猫まみれの短編集

カツセマサヒコ

笑う門

カツセマサヒコ　Katsuse Masahiko
1986（昭和61）年、東京都生れ。2020（令和２）年『明け方の若者たち』が大ヒットし映画化。翌年にはロックバンド indigo la End とのコラボレーション作品として二作目となる小説『夜行秘密』を刊行した。

1

葬式が苦手だった。全員が黒い服を着て、悲しい顔を強いてくるあの空気が駄目だった。線香の匂《にお》いと、タンスの中みたいにこもった匂い。大人たちは口元に手を当てて、ヒソヒソと小さな声で話してた。それが、もしかしたら自分に向けられた悪口なんじゃないかって、俺は死者より参列者の目を気にして、できるだけお行儀良く見えるように、黙ってそこに立ってた。

中学二年か三年のとき、母方の爺《じい》ちゃんが死んだ。物心ついて最初の葬式が、それだった。

爺ちゃんの遺影の前。娘に当たる母さんはもちろんのこと、二つ上の姉貴や、数年ぶりにあった三個下の従兄弟《いとこ》まで、みんな顔をぐちゃぐちゃにして泣いていた。

俺はその涙を見て、焦《あせ》った。泣かなきゃいけない。みんなと同じように、悲しまなきゃならない。じゃないと俺は、人の死をなんとも思わない、冷酷な人間だと思われてしまう。

涙腺《るいせん》を緩ませようと、眉間《みけん》に皺《しわ》を寄せてみる。意識するほど、瞳《ひとみ》は乾く一方だった。罪悪感と疎外《そがい》感が、体の中にトクトクと満ちていくのを感じた。

横にいる親父《おやじ》の顔を見た。この困惑を伝えたかった。そしたら親父も、俺を見た。親父も、泣いていなかった。俺と似たような、乾いた目をしていた。俺と、親父だけ。俺と親父だけが、部外者みたいな顔でそこに立ってた。

そんな親父から久々に連絡があったのは、木曜日の朝のことだった。

二学期が始まって、俺は朝から、大学の学食にいた。所々枠が錆《さ》びている窓はほとんどが開け放たれていて、乾いた冷気が、フロアを気ままに放浪していた。

世界中に広まったウイルスへの感染対策で、うちの大学でも授業のリモート化が進んだ。しかし、教授によってはこの流れに反対する人もいて、一限はリモートで受けられるけど、二限が対面必須《ひっす》だから一限からキャンパスにいなければ間に合わない、みたいな状況が頻出した。

おかげで憩《いこ》いの場だったはずの学食は、オフィスみたいに使われるようになった。ピリピリしているのに怠けてる印象もあって、でも、静かで、窓がいくら開いていても、閉《へい》塞《そく》感が留《とど》まり続けていた。

長い夏休みのせいで、久々の一限に頭が回らない。先生の声がほとんど耳に入ってこないから、重要そうな板書だけスクリーンショットして、それをフォルダに保存する作業を延々と続けていた。

親父から連絡が来たのは、まさにその最中だった。おそらく勤務時間中のはずで、そんな時間にメッセージが届くのは珍しかった。

アプリを開くと、そこには短い文面で、事実だけが簡潔に書かれていた。

「フクスケが、死んだ」

2

新宿駅でＪＲから私鉄に乗り継ぐために地下に潜ると、いつも呼吸が浅くなる。マスクが口元にべたりと張り付くと、そのまま電車が地上に出るまで、息苦しさはずっと続いた。

半年ぶりに帰ってきた地元の景色は、何も変わっていない。駅横のラーメン屋は変わらず小さな行列を作っているし、客が入っているのを見たことがない靴屋は、数年前に貼《は》った「ＳＡＬＥ」のシールを今も剝《は》がさずに営業を続けている。流行《はや》らなそうな店ばかりが長く息をしていて、流行りに乗った店からすぐに姿を消していく。海を走る白い波みたいに、いつでも少しずつ変化しているが、その街自体の印象は変わらない。独特の居心地の良さがあって、しかしそれが退屈で、たまらずこの街を出たことを思い出した。

夏が痩《や》せていったあと、余韻のような風だけが冷えて、取り残されたように秋が来た。その寂しげな風が心地よくて、実家まで少し、遠回りして帰る。小学校の通学路をなぞるように歩くと、フクが好きだった公園に着いた。

柴《しば》犬のフクがうちにやってきたのは、俺が小学二年の頃だった。母さんの友達の家に子犬が生まれたと聞いて、短い家族会議の末、一匹引き取ることになった。五匹の子犬の中から、一番貰《もら》い手がつかなそうなやつ。子犬はどこか締まりのない、間の抜けた顔をしていた。いっつも笑ってるようにも見えたから、「幸福をもたらしそうだ」という理由で、フクスケと名付けられた。姉貴がつけた名前は、飼って三日もせずに「フク」という愛称に変わって、誰も「フクスケ」と呼ばなくなった。

だから、親父が「フクスケ」とわざわざフルネームでＬＩＮＥを送ってきた時、なんだかすごく、フクが遠くに行った感じがした。

公園は、芝が少し枯れていて、秋そのものみたいに寂しい顔をしていた。実家に住んでいた頃は、もっと緑が豊かだったはずだ。名前を知らない鳥が、枝だけになったハクモクレンの木に止まっているが、その声まで寂しそうに聴こえた。

フクが走り回る姿が、目に浮かんだ。

フクはこの公園で、ボール遊びをするのが好きだった。投げたボールを嬉《うれ》しそうに取りに行って、でも、咥《くわ》えたボールをなかなか離してくれない。これは自分のものなのだと高らかに主張しているようだった。涎《よだれ》まみれになったボールを奪い返すと、もっと遠くに投げたり、すぐ足元に落としたりした。フクは、あの遊びのどこが楽しかったんだろう。嬉しそうにしているから何度もボールを投げたけれど、本当はこっちが嬉しそうにしていたから、付き合ってくれただけなのかもしれない。

公園を出て角を二つ曲がると、すぐに実家がある。家の前に、親父の姿が見えた。手にホースとブラシを握っていて、長袖《ながそで》のラガーシャツの腹の辺りが、地図を描くように濡《ぬ》れていた。

「おかえり」

「ただいま」

白のカローラが、肌寒そうに光っている。親父が洗車をするなんて、いよいよ珍しいと思った。

「会社、休んだの？」

「ああ、うん」

歯切れの悪い返事のあと、駅とは違う方向から帰ってきたから、不思議に思ったんだろう。「どっか寄ってきたのか？」と今度は親父が尋ねた。

「ちょっと、散歩」

こっちはこっちで歯切れが悪い。それが恥ずかしくて、大股《おおまた》で玄関に向かうと、チャイムを鳴らしてすぐにドアを開けた。

「おかえり」と、台所から大きな声がする。その声だけ聞くと、母さんはいつもと変わらず、元気そうに思った。しかし、顔を見れば明らかにやつれていて、フクの死がそこにあるのだと、そんなことから実感させられてしまう。

「フクは？」

リュックを背負ったまま尋ねた。母さんはあっちと和室を指さして、「先に手、洗ってきたら？」と言った。

「あ、ちょっと、顔だけ」

襖《ふすま》を開けると、大きめの段ボールの中に、フクのお気に入りの毛布が盛り上がっている。そこに、フクの姿も少し、確認できた。

段ボールを覗《のぞ》き込むと、フクが気持ちよさそうに眠っていた。よく見ると、口元がいつもより開いていて、その隙間《すきま》から見える舌が、乾ききっている。

これは、フクじゃなくて、フクの容《い》れ物だと思った。

「ちゃんと手洗って、それから、ちゃんと触ってあげて」

台所に立っている母さんが言った。「触ってあげて」の声が震えていて、泣き出しそうな気配がした。こうやって、すぐに水が溢《あふ》れてしまう薄いお皿みたいに、ギリギリのところでずっと感情を抑えていたのかもしれない。

手を洗った後、テーブルにあったティッシュ箱を、そのまま渡した。母さんはありがとうと言って、二枚引き抜いて鼻をかんだ。

もう一度、和室に入って、フクの前に座る。

今度こそ眠っているように見える。

「フク、来たよ」

小さく頭を撫《な》でてやる。フクの温《ぬく》もりは、そこにない。

筋肉。動かない筋肉の塊が、目の前に横たわっていた。やっぱりこれはフクじゃなくて、フクが入っていた容れ物だ。

フクはもう、この世界にはいないんだ。

「フク」

十三年。人生の大半を一緒に過ごした、弟のような存在だった。弟だから、可愛《かわい》いときばかりじゃなくて、憎かったり、面倒くさかったりした。愛嬌《あいきょう》ばかり振りまいているようでいて、俺に対してはどこか舐《な》めたような態度をよくとった。大切にしていた漫画には小便をかけられ、ゲーム機や携帯の充電ケーブルを何本も噛《か》みちぎられた。

今になって、思い出すのはそんなしょうもないシーンばかりだ。

「フク、ありがとうね」

何度も頭を撫でてやると、少しずつ温もりが手に返ってくるような気がする。でも、それは俺の掌《てのひら》の熱が伝っているだけであって、フクの命の温もりは、やっぱりこんなもんじゃなかった。

フクの名前を呼ぶたび、脳や心は、その死を実感していく。それでも俺は、やっぱり涙を流すことができなかった。


「きちんと、お別れできたか？」

洗車を終えてリビングに戻ってきた親父が、焼き菓子の袋を破いた。母さんはその隣で、親父の湯呑《ゆの》みにお茶を注いでいる。こぽこぽと静かな音が、やけに大きく聞こえた。

「ねえ、フクさあ、バッタと戦ってたの、覚えてる？」

俺が何も言えずにいると、母さんが急須を置きながら、懐《なつ》かしむように言った。頭の中に、飛び跳ねているフクの姿が浮かんだ。

「あれ、旅行の時の？　那須《なす》高原だっけ？」

「いや、あれは軽井沢だろう」

「そうそう、軽井沢。あれ、本当に好きでね、今でもたまに思い出しちゃうの」

母さんは堪《こら》えきれずに笑った。さっきまで泣いていたのが嘘《うそ》みたいだった。親父は少しわざとらしく、口角を上げた。

「なんだっけ、自分からちょっかい出したのに、顔にバッタが飛びかかってきて、それが取れなくて、踊ってたやつ？」自分で言いながら、笑ってしまう。親父も釣られて声を出した。

「あれ、馬鹿《ばか》だったなあ」

「もう、馬鹿とか言わないの」

焼き菓子を囲んで、三人で話していると、まるで葬式の後の食事みたいだった。故人を思い出して飯を囲むなんて、何も美味《おい》しく感じなかったはずなのに、今この時間に食べる焼き菓子は、やけに甘くて美味しかった。

母さんはまだ笑いが収まらないようで、口元を手で押さえたままだ。

「おもしろいやつだったな」親父が懐かしむように言った。

「ねえ。本当に」

俺も頷《うなず》こうとした。でも、そうする前に、母さんの言葉が続いた。

「最後は、大変だったけど」

俺はマドレーヌの封を開けたところで、でもそれを口に運ぶのを止《や》めた。オレンジと黄色と茶色で綺麗《きれい》にグラデーションになっているマドレーヌが、手の中で行き場をなくした。

「最後、どうだったの？」

二人を交互に見ながら、尋ねた。母さんたちは目を合わすこともないまま、小さく頷いた。

「病院は、毎週だったし、薬だけじゃなくて、注射ももらって。最後はトイレもままならないから、私たちもリビングに布団《ふとん》を持ってきて、ここで一緒に寝たの」

「注射も？　どのくらい？」

「毎日」

「毎日？」

想像するだけで、痛々しかった。俺は、母さんの悲しみよりも、ずっとずっと浅瀬にいるようだった。

「なんでそれ、教えてくれなかったの？」

「なんでって、あなたやお姉ちゃんが戻ってきても、忙しいだろうからできることはたかが知れてるし。一度出て行った子供をわざわざ呼び戻して看病させようとは、思えなかったよ」

なんだそれ、と、思った。フクだって大事な家族なのに、どうして俺や姉貴は、戦力外なんだ。

「フク、病院嫌いだったじゃん。毎週通わせるの、しんどくなかった？」

母さんはうなだれるように頭を下げた。

「私たちは別にいいんだけど、フクが、かわいそうだった。でも、治療を止めるのも、できなかったから。結果的に、かわいそうなことしちゃったかもね……」

また母さんの声が、震えだした。うう、ううと嗚咽《おえつ》まじりになっていくその声と肩の震えは、まるで発作でも起こしたみたいに、突然大きくなった。親父は母さんの肩を強く握って、大丈夫、と、何度もさすった。

母さんがそんなふうになるのを見たのは、あの時以来かもしれない。あの、爺ちゃんの葬式。あの時も母さんは、そのまま溶けてしまうんじゃないかと思うほど、激しく肩を揺らして、泣いていた。そんなことを、今更思い出した。

「言ってくれたらよかったのに」

それこそ、今更だ。でも、誰かのせいにしないと、フクの死の原因が自分にもあるように思えて、怖くなった。

「いいんだよ、もう」

ため息に乗せるように、親父が言った。

「ずっと苦しそうだったけど、昨日はフク、布団じゃなくて、母さんと一緒のベッドで寝たんだ。それで、そのまま苦しまずに死んだんだよ。きっとフクは最期《さいご》、幸せだった。それでいいんだよ」

乾いた風が、フクのいる和室からリビングまで、届いた。

フクの魂も、この風に少し混ざっている気がした。

3

「夕飯、食べていったら？　泊まっていってもいいし」

フクの顔を見たらすぐ帰ろうと思っていたのに、思い出話をしていたら、腰がすっかり重くなった。リビングを照らす光がいつの間にか黄色く、強くなっていて、隣の大きな家が取り壊されてから西日が窓を直撃して眩《まぶ》しいのだと、前に母さんが話していたことを思い出した。

「お姉ちゃんは、明日の夜に来るって言ってたぞ」

それまでここにいたらどうだ、という意味だろう。

「授業とかなかったら、いいんじゃない？」今度は母さんが言う。

「あー、授業は大丈夫なんだけど、でも、寝巻きとか、何も持ってきてないし」

「あ、そっか。あなたのパジャマ、この前捨てちゃったんだった」

その一言で、やはりここは自分の家ではないのだ、と思う。半年に一度しか帰らなくなった俺も悪い。

「じゃあ、帰ろうかな」

そう言いかけたところで、親父が言った。

「ユニクロでも行くか」

「へ？」

母さんと声が重なった。二人とも、うわずった。

「俺も、靴下が足りなくて、買いに行こうと思ってたから」

母さんが目を丸くして、俺を見た。俺も、多分似たような顔で、目を合わせた。

「別に、いいけど」

親父は昔から、極度の出不精だった。インドア派、という言葉があるけど、次元が違った。コンビニに行くことすら面倒くさがる男だった。会社以外で唯一《ゆいいつ》出掛けるのがフクの散歩だったわけで、フクは親父の健康を維持する意味でも、我が家の救世主だった。

そんな親父が、わざわざ寝巻きと靴下を買うために、俺を外に誘った。奇跡のようなことだ。かなり心が弱ってるのではないかと思った。そういえば、実家に帰ってきた時、親父は洗車をしていた。あれは、買い物への伏線だったのだろうか。

親父はこちらの返事を待たずに、車のキーを取りに行った。俺も財布を手に取ると、後を追いかける。気をつけてねと、背中から母さんの大きな声が聞こえた。

「フクは、本当にいい子だったな」

ハンドルを握りながら、親父が言った。白のカローラは母さんが買い物をするときに使うことが多いから、親父が運転している姿を見るのは随分久しぶりだった。

「なんで、死ななきゃいけなかったのか、わかってるけど、わかんないな」

親父は顔を前に向けたままでいる。目を合わせて会話する自信がなかったから、この状況がありがたかった。車は、環状線に入った途端、赤信号に連続して止められていて、なかなか進まない。

「寿命だったんだよ、仕方ないよ」

気休めにもならないと思いながら、そう言うしかなかった。

助手席に座ってからというもの、やけに空気が薄く感じて落ち着かない。俺は少しだけ窓を開けて、意識を外に向けた。

「犬だって、八十歳くらいまで、生きてくれりゃあいいのにな」

「八十歳のフクは、ちょっと見たくないかな」

ははは。と乾いた笑いを、自分だけがしていた。親父はやっぱり俺の話なんて無視して続ける。

「川のそばの、三重原《みえはら》さんち、わかるか？」

「あー、公園の横の？」

「そうそう」

俺は三重原さんの真っ白な眉毛《まゆげ》を思い出した。ゴワゴワとしていて硬そうなのに、いつも優しそうな印象の、あの眉毛。三重原さんちは、フクの散歩コースの途中にあって、よくホウキを持って掃除をしている三重原さんがフクのことを撫でてくれていた。

「お子さんが、亡《な》くなったんだ」

「え？」

突然、水中に飛び込んだような感覚があった。耳がぼうっとして、音が聞こえにくくなる。散々、フクの死を憂《うれ》えていたかと思っていたのに、実は親父は、もう一つの死のことも頭に浮かべていたのか。

「三重原さんの息子さんって、まだ若くなかった？」

「三十四だってさ」

親父の顔を見たけれど、横顔だけでは、どんな表情をしているか摑《つか》めない。

「それ、病気で、なの？」

世界中に広まったウイルスは、高齢者ばかりが重症になると言われていて、三十代で亡くなるなんて聞いたこともなかった。他に原因があったのかもしれない。

死ぬには、あまりに早すぎる。

「持病があった、とは聞いた。知ってたか？」

「いや、ぜんぜん」

ぜんぜん、と言いつつ、脳に浮かぶ三重原さんちの兄ちゃんのイメージは、決して健康的なものではなかった。縦にも横にも大きかったし、肥満体型と言われれば納得もできた。病気を持っていた、と聞いても、そこに違和感はない。

小さい頃、姉貴とボール遊びをしていたら、公園の木にボールが引っかかってしまったことがある。あの時、買ったばかりのキャンディボールを無くしたら母さんに怒られると思って、俺も姉貴も必死だった。いよいよ泣きそうになっていたところに、救世主のように現れたのが、三重原さんちの兄ちゃんだった。兄ちゃんは笑顔こそ見せなかったけれど、大きな体をぐんと伸ばして、颯爽《さっそう》とボールを取って、俺たちに渡してくれた。

「半年くらい前かなあ。その時は、三重原さん、気の毒だな、くらいにしか思ってなかったんだけどな。フクが死んで、ようやく思い知らされたよ」

ユニクロの駐車場はガラガラに空《す》いていた。店の入り口にほど近いところでエンジンを止めると、親父は、小さくため息をついてから言った。

「親より先に死ぬのは、本当に、親不孝だ」

親父がシートベルトを外すのを見てから、助手席のドアを開けた。車内でよどんでいた空気が、嬉しそうに出ていった。

4

フクの散歩コースを歩いてみようと思ったのは、翌朝、両親が家を出ていって、ひとりになってすぐだった。実家にいてもたいしてすることはない。フクと二人きりになるのがなんだか余計に寂しくて、ちょっと歩いてみようと思っただけだった。

昨日の親父との買い物は、なんだかずっと、恥ずかしかった。「この子の父親、こういう感じの人なのね」って、誰かに親父を品定めされているような気がずっとした。親父は特別太ったり痩せたりしているわけではないし、いかにもそこらへんにいるお父さんって感じだ。それでもなんだか居心地が悪いのは、もうこれまでのキャリアのせいにしかできない。ずっと親父は、心を閉ざしてた。恥ずかしいのか、憎んでいたのか分からないけど、会話らしい会話なんてほとんどしてこなかった。それなのに、急にこんな「家族」を感じる演出をされても、反応に困る。会計を待っている間、これは悪い夢か何かなんじゃないかって、そう思ってた。

その夜は全然寝付けなかった。実家の浴槽は自宅のそれより広いのに、いくら足を伸ばしても緊張がほぐれない。やわらかいバスタオルはよく水を吸うけれど、顔に当てると柔軟剤の匂いが甘すぎる。買ったばかりの寝巻きはまだ糊《のり》みたいな匂いがするし、客室代わりになった姉貴の部屋は、他人の家みたいに居心地が悪かった。

朝八時。ようやくウトウトしてきたところで、スマホのアラームがなった。

階段を降りてリビングに向かうと、母さんは慌《あわ》ただしそうに食器を片付けていて、親父はテレビを見ながら新聞を畳んでいた。「おはよう」と声をかけられたのが久しぶりで、そんなことでようやく、実家にいることを自覚した。席に着く前にフクの入った段ボールを見に行くと、やはり昨日と同じ顔をして、そこにいた。

「あー、母さん、アレ、出しておいて」

ワイシャツの袖のボタンを留めながら、親父が面倒くさそうに言った。

「アレって何」

「ええ、アレだよ、アレ」

「ハンカチ？」

「ああ、そう。玄関置いといて」

「最初からそう言えばいいのに」

バタバタと階段を上る音が響く。

これだ。この、実家の朝の喧騒《けんそう》が嫌だったから、俺は実家を出たんだった。姉貴もいて、四人で住んでいた時はもっとひどかった。トイレや洗面所も順番待ちで、一日の始まりがストレスのピークのように感じていた。フクが死んだところで、その日常は変わらない。テレビの横の窓がしまっていたので、開けてみる。朝の秋の風がかすかに届いて、外に誘われている気がした。

「行ってきます」と、親父の声がする。

何も言わず、外の景色を見ていた。

しばらくして、昨日着てきた服にもう一度袖を通すと、家の鍵《かぎ》を閉めて外に出た。

うっすらと雲が張られた空から、鳥の声がする。見上げるとまもなく、ピピピ、ぴぴぴと、連なった声を高く響かせながら、右から左へ、善福寺《ぜんぷくじ》川に沿うように野鳥が二羽、飛んでいった。川の流れはあくびが出るほど穏やかで、小さく滝のようになった段差から、囁《ささや》くようなせせらぎの音がする。その先を見ると、鴨《かも》のつがいが仲睦《むつ》まじく泳いでいた。マスク越しの鼻の先で、懐かしい匂いがする。それがキンモクセイだと気付くと、無性に嬉しくなった。

全部が全部、穏やかだ。

実家の朝が騒々しかったぶん、外は包むようにやわらかく、やさしい静寂が保たれているように思う。視線をできるだけ動かさないようにして歩くと、かすかな木々の揺れ方や川の波紋の変化から、鳥や虫、魚の姿を捉《とら》えることができた。

一人で歩いているようでいて、実にたくさんの生命に囲まれている。フクがいないことで、世界中が喪に服してくれているみたいだった。

十分ほど歩いたところで、やけに傾いた電柱が目に入る。フクが必ずマーキングしていた電柱。この先には、小さくて細い橋があって、その橋を渡ると、今度は緩やかな上り坂に差し掛かる。その途中にまた、小さな公園がある。フクとはあまり立ち寄ったことのない公園。

その公園で、一度、三重原さんちの兄ちゃんを見かけたことがあった。

あれは確か、高校二年の秋だった。俺は、初めてできた彼女と長電話をしながら、夜の川沿いを歩いていた。かなり遅い時間だったと思う。いよいよ母さんが心配すると思って、家に戻ろうと三重原さんちの前の坂道を上ろうとしていた。けれど結局名残惜しくなって、途中、公園が見えるガードレールに寄りかかって、彼女の声を聞いていたのだ。

しばらくそのまま、ぼんやりと携帯を耳に当てていた。すると、暗闇《くらやみ》に慣れてきたのだろう、公園内に、大きな男の影があることに気づいた。その男の目線の先に目がいく。三匹の猫の影が、かすかに動いて見えた。

男は全身、黒い服を着ていた。ヘッドフォンを首から下げていて、それもまた、黒かった。最初、その影が熊《くま》なんじゃないかと、突拍子もないことを思った。山で迷った熊が、餌《えさ》を求めて街に降りてきたんじゃないかと、そんな変なことを考えた。よくよく目を凝らすと、熊は三重原さんちの兄ちゃんだとわかった。

三重原さんちの兄ちゃんは、たぶん、俺の存在に気づかなかったんだと思う。ゆっくりとかがんで、地面から石を拾ったかと思うと、それを、猫たちに向かって叩きつけるように投げた。暗闇の中でもわかるほど、大きな石だった。

猫たちは声もあげずに、その場からいなくなった。三重原さんちの兄ちゃんは、肩で息をしながら、しばらくその場に立ってた。足元に置かれた大きなコンビニ袋が、ガサリと音を立てて崩れた。

俺は見てはいけないものを、見た気がした。

あの夜、三重原さんちの兄ちゃんは、「誰も許していない」って、そんな空気を纏《まと》ってた。全部許せなくて、全部壊したくて、それをあの石や猫たちにぶつけているようだった。

あの時、三重原さんちの兄ちゃんは何に怒っていたんだろう。猫に石を投げたくなるほど湧《わ》いてくる怒りは、何が根源だったんだろう。

今になって、あの大きな背中が、鮮明に脳内再生されていた。

風が吹いて、深い記憶から覚める。午前中の公園には猫も人もいなくて、でも、あの時と変わらず、屋根付きのベンチだけが寂しそうに置かれていた。

公園を過ぎて最初の角を曲がったところに、三重原さんちが見える。訃報《ふほう》を聞いたせいか、なんだかそこだけ、暗く歪《ゆが》んで大きくなっているように感じた。

今日は、前を通らず、まっすぐ帰ろう。

そう思って、家へと向かう坂道を上り始めたところだった。数メートル先に、痩せた爺ちゃんの姿が目に入った。しわしわのネルシャツをチノパンにタックインして、両手にはホウキとチリトリ。真っ白な眉毛と髪。数年ぶりだが、すぐにわかった。

三重原さんだ。

「こんにちは」

俺の姿を確認するなり、三重原さんはしっかりとした声でそう言った。俺もすぐに返事をしたかったのに、口に出た「こんにちは」は、マスクの不織布に吸い込まれ、三重原さんに届いたのかわからなかった。

三重原さんは、拍子抜けするほど穏やかな表情をしていた。少し痩せて、シルエットがちいさくなった印象はあるけれど、息子さんが亡くなったことなど知らないんじゃないかと思うほど、すっきりとした顔だった。

俺は、マスクからはみ出たわずかな部分で笑顔をこしらえて、すぐに視線を下に落とした。この笑顔が作りものだと、バレたくなかった。

三重原さんはゆっくりと坂を下りてくるが、俺は大股気味にその坂を上った。

すれ違って、数秒後。三重原さんが、何かを思い出したように、こちらに振り向いた。

「ああ。あの」

そこに、先程のような笑顔はない。口元がマスクで隠されていても、三重原さんがどこか寂しそうな顔をしたのがわかった。

「フクくんのこと、聞きました」

少し声が掠《かす》れて、漂う哀愁に目を背けたくなる。悲しそうな顔をしなきゃいけないと、言われている気がした。

「そうなんです。それで、僕も帰ってきて」

「ああ、そうでしたか」小さな声で相槌《あいづち》を打つと、

「いい子でしたよねえ、よく、懐いてくれていました」と三重原さんは続けた。

少し風が吹いて、三重原さんが持っていたチリトリから、枯葉が何枚か落ちた。三重原さんはそれをホウキで拾う。俺はなんとなくその場を去るタイミングがわからなくなって、じっと揺れる枯葉を見ながら、会話の隙間を埋める言葉を探していた。

「今日も、フクとの散歩コースを歩いていました」

「そうでしたか。フクくん、喜んでるかもしれませんね」

「いや、そんな」

こんなの、ただの自己満足だ。さっきからずっと、そう思っていた。

「いえ、立派な弔い方だと思いますよ」

そう三重原さんに言われて、体の内側が絞られる感じがあった。今、俺は、弔っているのか。葬式とはまた違った形で。

足元に視線を落とす。フクのことを改めて考えて、目を瞑《つむ》った。

「弔うのって、なんか、難しいですよね。うちは、フクを最後まで看病していたのは両親だったので、その両親より泣くのはおかしいし、でも、全く泣かないのもおかしいし。もしかしたら、うまく泣けない罪滅ぼしで、こうやって歩いてるのかもしれないです」

どうしてこんな話をしているんだろう。尻《しり》すぼみに言葉が消えていく。三重原さんのチリトリの中の枯葉が、外に出たいとカサカサ音を立てた。

「全然関係ないかもしれませんが」三重原さんが、しばらく黙り込んだ後に口を開いた。

「私の息子はね、ようやくまともな仕事について、これから頑張ろうって、そういうタイミングで、死んだんですね」

自分の心音が、確かに強くなったのを感じた。

触れないでおこうと思っていた話題がいきなり始まり、どんな顔をしていいかわからない。頭には、三重原さんちの兄ちゃんの姿が浮かんでいた。

キャンディボールを取ってくれた兄ちゃんは、無表情だったけど、確かに優しかった。

幼少期には気づかなかったけれど、三重原さんちの兄ちゃんは、たぶん、俗に言うヒキコモリか何かだったんだと思う。自分が小さいうちは、そういう人、つまり、社会が敷いたレールから外れてしまった人に対して、なんの違和感も持たずに接していられた。けれど、いつからだろうか。俺もまた、三重原さんちの兄ちゃんのことを、どこか腫《は》れ物に触るような目で見てしまっていた気がする。

「辛《つら》かった、ですよね」

月並みすぎる言葉しか出てこなくて、悲しくなってくる。いっそ言わなければよかったと、後悔しかけた時だった。遠くに、郵便配達のバイクが見えた。そのエンジン音に紛れ込ませるように、三重原さんが言った。

「それが、泣けなかったんですよ、私」

公園の木々が、音を立てて揺れた。空気が急に冷えてきていた。俺は驚いて、相槌を打つことすらできなかった。

「若い頃に両親を事故で亡くした時は、まあ大層泣き散らしたんですけどね。息子の時は、泣けなかったというか、泣かなかったんですよ」

三重原さんの瞳は、光を捉えられなくなっているように見えた。

「もちろん、辛かったですよ、そりゃあもう。ただ、なんでしょうねえ。涙が出るのとは、違ったんです」

子を失う苦しみも、親を失う苦しみも、飼い犬とは比べものにならないだろうか。どちらも経験したことのない自分には、想像することすら、難しい。三重原さんは、淡々と天気の話でもするように続けた。

「先に子供が亡くなるのは、親不孝だと、よく言いますよね」

「はい」

「あれはね、親の勝手な言い分ですよ。生死については、順番なんて関係ないです。もちろん、流す涙の量も、関係ない。結局、残された人は、その人なりに残された事実を悲しみながら、亡くなった人を忘れないように生きることしかできないんですよ」

日が少しずつ、高くなってきていた。薄く張られていた雲はいつの間にか姿を消して、米粒ほどの大きさの旅客機が、遠くでゆっくりゆっくりと飛んでいた。

「フクくんにも、そんな気持ちで、いてあげてくださいね」

三重原さんは、花を慈《いつく》しむような目元を見せて言った。

「うまく泣けなくても、あなたは辛かった。ご両親も、辛かった。そうやってね、悲しみとか苦しみは、他者と比較するものじゃなくて、当社比でいいんですよ」

上空を小さな鳥が二羽、飛んでいった。さっき見た鳥と同じだろうか。ピピピ、ぴぴぴ、と嬉しそうに鳴いて、その姿はすぐに見えなくなった。

5

「フク、明日、葬儀に出そうと思うんだ」

親父がそう言ったのは、三人で夕飯を食べている時だった。すでに母さんとは話を済ませていたらしく、葬儀屋は家から車で三十分ほど行ったところを手配したと、淡々と告げた。

俺はペットの葬儀なんてどうやってやるのかも知らなくて、どこかに、それこそフクが好きだった公園とかに、しれっと埋めるのかと思っていた。実際はヒトと同じように、きちんと火葬をして、お墓に骨を納めたりするらしい。

「お姉ちゃんは今日から泊まって、一緒に来てくれるみたいなんだけど、どう？」

昨日の残り物の煮物を食べながら、母さんが尋ねる。

俺はスマホのカレンダーアプリを開いて、明日の予定を確認した。案の定、土日は何も予定がない。

「あー、俺も行こうかな」

「あ、本当に？　友達と遊ぶとか、バイトとか、ないの？」

「いや、特にない。バイトも、休み」

言い終わってから、心配させるような言い方だったかも、と思った。でも、母さんも親父もあまり気にしていないようで、静かに箸《はし》を動かしていた。

「じゃあ、みんなでフクのこと、見送りに行くか」

親父はテレビを見ながら、そう言った。

やっぱり、姉貴や母さんは、葬儀場でもめちゃくちゃ泣くんだろうか。昨日の親父の様子を見ていると、今回は親父も号泣するかもしれない。

俺は、泣けるだろうか？

少し不安に思ったところで、三重原さんの顔が浮かんだ。

三重原さんは、泣けなかった自分に、本当に納得しているのだろうか。

「今日、三重原さんに会ったんだ」

「え、そうなの？」二人の視線が、俺に集中した。

「うん、散歩してたら、たまたま」

「どうだった？」親父が箸を止めて尋ねた。親父も、三重原さんのことが気になるらしかった。

「どうって言われても。もちろん、悲しんではいたんだけど」

あの空気を、どう表現していいかわからない。茶碗《ちゃわん》に入った白米が、どんどん固くなっていく気がした。歯切れの悪い俺の言葉を遮るように、家のチャイムが鳴った。壁にかかっている時計を見ると、二十時前だった。

「きっと、お姉ちゃんだね」

母さんが早足で玄関へ向かう。鍵を開けるより早く、ガチャガチャと扉をこじ開けようとする音がした。これは間違いなく、姉貴の音。

ドアが開く。突然、大声が響く。

「ねえー、フクいないの、本当に嫌だー！」

家に入ってくるなり、姉貴が叫んだ。ガラガラの声で、もう泣いているのがわかった。

親父も俺も、一目見ようと廊下に出た。グッシャグシャに顔を歪めた姉貴が、鼻水をマスクで拭《ぬぐ》いながら大泣きしていた。

まるで子供みたいだった。あまりの泣きっぷりに、吹き出しそうになった。

「すげえ泣いてるな」と、親父が小さな声で言った。

「はいはい。フク、和室で待ってるから、手洗って、見に行って」

母さんが姉貴からリュックを剝ぎ取る。こっちに戻ってくるとき、その顔は、確かに笑って見えた。

「フクゥ」

和室に入った姉貴が、何度も何度も名前を呼んだ。その声を聞くたび、フクの顔が浮かぶ。

十三年。

俺が実家にいたうちのほとんどの時間を、フクと一緒に過ごしたことになる。俺が中学受験に苦しんでいた時も、初めて彼女ができた時も、童貞を捨てた日も、部活で骨を折った日も、彼女にフラれた日も、大学受験に落ちまくった時も、ずっとずっと、フクはへらへらと笑ったような顔で、俺のことを見てくれていた。

着地が下手なくせによくジャンプするから、すぐに足の骨をおかしくするし、エリザベスカラーを付けると、露骨に元気をなくして飼い主を不安にさせる。ドライブは大好きなのに、その行き先がペットホテルだとわかると急に尻尾《しっぽ》が下がって吐いた。あれは掃除が大変で迷惑だった。

ドッグフードをなかなか食べず、人が食べているものばかり羨《うらや》ましそうに見ていた。刺身を食って全身の毛が嘘のように抜けたこともあった。考えてみれば変なものばかり食べていた。

若いうちは他の犬への対抗心がすごくて、相手がどんな大型犬だろうが、構わず吠《ほ》え散らかした。なぜか女の人にだけ甘え上手で、姉貴の友達にはすぐに、腹を見せていた。俺にはそんな仕草、ほとんどしてくれなかったのに。

反抗期を迎えて、親父にも母さんにも言えなかった出来事を、フクにだけこっそり話したことがある。姉貴と親父が大喧嘩《げんか》したとき、泣いている姉貴のそばに一番に駆け寄ったのがフクだった。そうやって、いろんな場面で、フクは、俺や家族を支えてくれていた。

今もこうして、フクがいたから姉貴は泣いて、母さんは笑っている。

母さんが、ティッシュ箱を姉貴に渡した。

「フクは、幸せものだね」

そう言った母さんを見て、俺も親父も、少しだけ笑った。

「四人。あー、五人か？　揃《そろ》うのも久しぶりだし、酒でも飲むか」

普段はアルコールを嫌う親父が、また、らしくないことを口にした。

山内マリコ

猫とずっと一緒にいる方法

山内マリコ　Yamauchi Mariko
1980（昭和55）年、富山県生れ。第7回「女による女のためのR-18文学賞」読者賞を受賞。『ここは退屈迎えに来て』『あのこは貴族』『あたしたちよくやってる』『一心同体だった』など著書多数。

亜実《あみ》だってネットによって人生が好転した人間の一人だ。ネットで結婚相手とめぐり逢《あ》い、ネットでちょっとした注目を浴び、ネットで自分にしかできない仕事を見つけた。金曜の夜八時、区民センターの貸室で、亜実は〝講師〟を名乗って生徒の前に立つ。講座の名前は〈猫とずっと一緒にいる方法〉。

荷物を提げて開始の三十分前に到着すると、亜実は事務所で鍵《かぎ》をもらい、貸室の準備にとりかかる。照明の壁スイッチを入れ、エアコンの温度を調節し、端に寄せてある長机と椅子《いす》を並べる。定員二十人の部屋に生徒はたったの五人だから、机と机の間隔も離島の分校みたいにゆったりだった。

「こんばんは」

そうこうしているうちに、一人、二人と生徒がやって来る。すっかり顔見知りの彼らはおのおの挨拶《あいさつ》を交わし、鞄《かばん》から作りかけの板絵と絵の具セットを取り出して机に広げたり、天気の話をしたり、絵筆を洗うバケツを持ってトイレまで水を汲《く》みに行ったりする。金曜日の夜の区民センターはすべての貸室が稼働《かどう》して静かな活気があった。地下のホールからはマリンバ教室の哀愁漂う音色が漏れ聴こえ、演劇ワークショップが開かれているスタジオからは、腹式呼吸の発声練習が空気を小刻みに振動させるのが伝わってきた。各階の貸室では、おとなの塗り絵、帽子作り、仏像彫り、古代文字、怪談の語り方といった講座が開催されている。亜実は入口に掲示された本日の利用状況の黒板を見ていると、世の中にはいろんな趣味を持つ人がいるもんだなぁと感心する。このなかにまぎれていると、〈猫とずっと一緒にいる方法〉という講座もそこまで変じゃない気がしてきた。

机に置いた亜実のスマホが震え、画面を見ると生徒から、仕事が終わらなくて来られない旨《むね》の連絡が入っている。今日の欠席者はこれで二人だ。承知しました。お気になさらず。お仕事がんばってくださいね。フリック入力して送信し、亜実は顔を上げた。

「今日はこの三人みたいですね」

欠席はむしろうれしかった。人は少なければ少ないほどいい。プレッシャーも減るし、より親密な空気になるから。教室をはじめてそろそろ半年になり、生徒同士のあいだでも人間関係のようなものができあがっていた。どんな人でもその存在によって場に影響を与えるもので、誰が欠けるかでクラスの空気が微妙に変わるのがおもしろい。亜実は壁の時計に目をやり、形ばかりの号令をかける。

「それじゃあ時間になったのではじめましょうか」

見本に持ってきている自分の作品を取り出して、ホワイトボードに簡単な展開図を描くと、「今日はこの部分を作っていきます」、背板にピッと矢印を引いた。亜実が取り出したのは木板を組み合わせて箱型にしたもので、大きさはちょうどティッシュペーパーの箱くらい。全面にアクリル絵の具でアールヌーヴォー風の草木模様がデコレーションされ、正面は蝶番《ちょうつがい》をつけて観音開きのドアになっている。開くと中は棚板で三段に仕切られていた。

生徒たちは亜実の見本のまわりに集まって細かな意匠に見入り、「すごいすごい」と口々に讃《たた》えながら間近で観察した。箱の中はそれぞれの段に紙粘土で作った人形が置かれ、ストーリーが描かれている。上段は出会いの物語――アマゾンの段ボール箱に入ってきた子猫が女から女に譲渡されているところ。下段は最期《さいご》のシーン――仕事から帰ってきた亜実が横たわる黒猫を見つける。死に目に会えなかったのだ。そして真ん中の段は、背景の輪っかがイタリアの宗教画のように金色に光り、前足を行儀よくそろえた黒猫の置物を神々《こうごう》しく押し照らしている。

「この部分どうなってるんですか?」

生徒に訊《き》かれ、亜実は金箔《きんぱく》を貼《は》っているんですとこたえる。金箔というキーワードに、おお～っとどよめきが起きる。「この装飾もアクリル絵の具ですか?」「そこはテンペラ絵の具で描いてます」「先生テンペラ画もできるんですか⁉」。亜実は首を横にふり、「YouTubeでやり方見ただけなんで」と肩をすくめた。「うちの子は黒猫だから背景をきらきらさせないと潰《つぶ》れちゃうんですよね」

生徒たちはなるほど〜っと素直に納得して、「うちは三毛だから、竹内栖鳳《せいほう》みたいな日本画にしたいなぁ」「あたしはやっぱディズニー風に描こうかな」「え、おれテンペラ画いきたいっす」なんて言い合っている。その様子を見て亜実はほほえんだ。生徒というのはこうも可愛《かわい》い、愛《いと》しいものなのか。なにかを学びたいと思って、毎週同じ時刻、同じ場所に集ってくる人々。学ぼう、作ろうとするとき、人は謙虚になり、それは人間を善なるものにする。たとえそれが〈猫とずっと一緒にいる方法〉であっても。生徒たちが楽しそうな様子を見せると亜実は無性にうれしくなった。人にものを教えるなんてはじめてだった。

ツイッターに「猫仏壇」としてアップしたこの木箱が、去年ささやかにバズった。投稿がバズったら、紐付《ひもづ》けて宣伝を書き込むという作法があるのは知っていたが、亜実にはなにも宣伝するものがなかった。猫仏壇のアイデアは南米ペルーの伝統工芸品レタブロからきている。クリスマスの時期に飾られる扉付きの箱型祭壇で、中にはこねた粘土に彩色を施した人形がぎっしり詰まる。キリスト降誕の物語が描かれているものもあれば、楽器を演奏しながら人々が踊っているようなものもある。レタブロのことはネットでたまたま知った。実物はまだ目にしたことがない。

亜実はバズった投稿の下に、元ネタはレタブロですと書いてリンクを貼った。外国の伝統工芸品を勝手に模して、愛猫《あいびょう》を祀《まつ》ってごめんなさいと。ちょうど〝文化の盗用〟が問題視されるようになっていたころだったので、炎上したらどうしようと焦《あせ》ったのだ。もしペルー人が日本の仏壇を模して、そこに死んだ愛猫を祀っていたら、それは不謹慎になるのだろうか？　考えてもよくわからなかったし、結局、炎上もしなかった。猫仏壇の投稿はきっかり一日半で人々から忘れられた。スマホの通知が怖いくらい鳴り止《や》まなかったのが嘘《うそ》みたいに、なにごともなかったように元通りの無風に戻った。

少し経《た》ってからぽつりぽつりと、自分も愛猫を亡《な》くしたという人からリプライが飛んでくるようになった。作り方を教えてくださいと言う人も現れた。どうせ気まぐれで言っているだけだろうと、はじめは相手にしなかった。「わたしもプロというわけではないんです。たまたまネットで見たレタブロをいいなと思って、愛猫バージョンを作っただけなので。木箱の組み方はYouTubeで勉強しました。黒猫の立体物は百均の紙粘土をこねたものです。アクリル絵の具と木工用ボンドと簡単な工具があれば誰でも作れると思います」。丁寧に返信していくうちに交流が生まれた。

会ってみると、亜実より少し年上の四十代半ばの女性だった。ほづみです、と彼女は名乗ったが、亜実にはそれが苗字《みょうじ》なのか下の名前なのかわからなかった。訊くのも失礼かなと思ってそのままにしている。だから亜実が彼女を「ホヅミさん」と呼ぶとき、その名は苗字でもなく下の名でもなく、記号のように無機質に響いた。

ホヅミさんは愛猫を亡くしたばかりと言い、話している途中に涙ぐんだり言葉に詰まったりして、その様子はとても気の毒だった。ああ、彼女はただ猫の死を語りたかっただけなんだ、話し相手がほしかっただけなんだと亜実は思った。レタブロを模した猫仏壇に心底魅了されたわけでも、ましてやわたし個人に興味を持ったわけでもなくて。猫の死に直面した者同士、悲しみを分かち合い、傷を舐《な》め合いたかったのだ。悲しみは新鮮であればあるほどつらいから、その気持ちはよくわかる。亜実の悲しみが真新しかったとき、それをどうにかしたくてじたばたし、あれこれ手を打ったあげく、たどり着いたのがレタブロ作りだった。

最初はスケッチブックに鉛筆で愛猫の絵を描いた。気づいたらペンを取っていたという感じで。小さいころから絵は苦手だった。写生大会で賞をもらったことは一度もない。教科書にらくがきしたり、テスト用紙の裏にイラストを描いたりもしなかった。絵なんて中学の美術の授業でりんごを描いたのが最後だ。高校では書道を選択したから。亜実は書道も下手だったが、絵よりはましだった。

ところがある日、本屋の片隅で売られていたサクラクレパスやツバメノートといった、なつかしくも現役の文房具を眺めながら、衝動的にスケッチブックと鉛筆を手に取り、レジに持っていった。描かずにはいられなかったのだ。

スマホで撮った愛猫の写真を見ながらその姿を写し取っていく作業は、時間を忘れられたし、無心になれた。なにより、ずっと愛猫を眺めていられるのがいい。描くことは見つめることなのだ。もうこの世にはいない愛猫の写真をじっくりと見て、自分の手で再現していく。もう一度会う。耳のラインを取り、消しゴムで何度も消して修正しながら、小ぶりな頭の丸みをありありと思い出していく。鼻を描いているときは、いつもかすかに濡《ぬ》れて、ちょっとだけひんやりしたあの革っぽい感触が、亜実の鼻の先に蘇《よみがえ》った。キスのかわりによく鼻と鼻を合わせた。毛の一本一本を描き込みながら、日差しを受けて照り輝く、艶《つや》やかに黒光りした質感を想《おも》う。ビロードとしか言いようのない毛の、ぬるりとしたなめらかな手触り。太陽の熱をいっぱい吸収して、触れると熱いくらいだった。重量感の表現に苦戦しながら、全身をこちらに預けているときの、ぐにゃりとした体の重みを反芻《はんすう》する。体を覆《おお》うしなやかな筋肉。すっかり忘れていた若かりし日の、重力を免除されているような見事な跳躍。子猫のころは、実におもしろい動きをした。人を思わず笑顔にさせる、猫はパントマイムの天才だ。瞳孔《どうこう》に光を入れながら、目と目で心を通い合わせた瞬間に思いを馳《は》せた。長いしっぽの先の鉤《かぎ》になった部分。前足の指の、コリコリした華奢《きゃしゃ》な骨。そうやって思い出す限りにおいて、死者は生きていると亜実は思う。

そのうち色を塗りたくなって、画材屋でアクリル絵の具とキャンバスを買った。レタブロにたどり着いたいきさつをホヅミさんに語りながら、

「黒猫ってすぐ描けちゃうんです」亜実は言った。

油絵とちがってアクリル絵の具は重ねるにも限度があり、一つの絵があっという間に仕上がってしまう。それにキャンバスは思いの外かさばる。狭いワンルームで暮らす亜実は、次々生み出すキャンバス画を持て余すようになり、仕方なくホチキスで留められた帆布を木枠から外して、丸めて保管するようになった。このままのスピードで量産したらまずいなと、創作意欲にブレーキをかけた。そんなとき、ネットでレタブロを知った。箱の内側にも外側にも、南米特有の素朴な原色使いで装飾が施してある。立体物もいるし、箱も組み立てなきゃいけない。亜実は思った。これならなかなか完成しないだろう。作っているあいだ、ずっと愛猫を想っていられるだろう。

§

愛猫の名前はココという。亜実がつけたわけではない。つけたのは北千住店で働いていたころの年下の同僚だ。休憩室で一緒になるたび、「見てくださいよ〜」とのろけた

調子で、産まれたての子猫の写真を見せてきた。実家の猫が子猫を六匹も産んだという話だった。

　当時は二つ折りケータイの時代で、画質だってひどいものだった。まだ目も開いていない子猫は、おまんじゅうを寄せ集めたように見えた。トラ猫、ハチワレ猫、サビ猫など、いったいどういう遺伝子の混ざり方をしたらこんなにいろいろ出てくるんだろうと、首をひねるほどさまざまな柄の子がいる。連日、「超かわいいんですよ〜」と話を聞かされ、画面越しに成長を見守るはめになった。

　同僚は座持ちのいい、気のいい子で、休憩室のドアを開けて彼女がいると亜実はほっとした。話し下手な亜実は、中途半端《はんぱ》な知り合いとの雑談がなにより苦手、とくに自分から気の利《き》いた話題を振るということがまったくできなかった。狭い休憩室で同僚と鉢合わせると、なにか話さなきゃとプレッシャーを感じるばかりで気が休まらない。その点、一方的なおしゃべりをしてくるその同僚はよかった。他愛のないことでもおもしろそうに話す子で、「へぇ」「そうなんだ」と相づちを打っていれば、時間は楽しく過ぎてくれた。こういうトーク力のある子は指名制の仕事をした方がいいんじゃないかと思った。

　職場は脱毛サロンだ。大手に数えられるチェーンで、店長が管理ソフトで作ったシフトに則して、次から次に客をさばいていく。客との会話はないわけではないが、美容院ほど話し声は多くなく、シチュエーションがシチュエーションなだけに、カーテンで仕切られたどの個室もひそひそしていた。

丸裸の女性にジェルを塗布して、光を照射するのが仕事。脇《わき》だけ、膝下《ひざした》だけ、肘《ひじ》から下だけのつもりでやって来た女性も、カウンセリングを受ければあれよあれよと全身脱毛に興味を示して契約し、結局は施術室《せじゅつ》で全裸になった。亜実はお客を不安にさせないよう優しい声で施術の説明をしながら、光を当てる部位をどんどん移動させる。襟足から背中、臀部《でんぶ》、脚の裏側という具合に。「背面終わりました。それでは仰向けになって、タオルを胸元までかけてください。ＶＩＯに光を当てていきます。自己処理はしていただいてますか？　ちょっと拝見させてもらいますね」マニュアルを丸暗記した文言をつらつら口に出す。施術は存外忙しく、説明に終始するためゆっくり無駄話するような余裕がないところが亜実は気に入っていた。ネイルサロン、マッサージ、エステ、女性を相手にした接触の多い仕事はいろいろあるけれど、これほど距離感のおかしな業態はそうない。脱毛サロンはほとんど一期一会《いちごいちえ》の相手と、いきなり個室でたった二人きり、プライベートゾーンのケアという桁《けた》外れに親密な行為をする。ジェルは冷たく、光の照射はチクリとした鋭い痛みをともなう。「冷たいですよね、ごめんなさいね、がんばってください、もうちょっとで終わります……はい終わった！」お客を励ましながら、ほんの一瞬、不思議な連帯感が生まれる瞬間が亜実は好きだ。

間断なくお客が来るため、休憩室でケータイをいじっていられるのは三十分ほど。

「見てくださいよ、もうこんなに大っきくなったんです」

画面をのぞくと、おまんじゅうが三角形の耳を立て、すっかり猫らしくなっていた。会うたびに子猫の可愛さを力説していた同僚は、そろそろ里親を探さなきゃと言うようになり、やがてトラ猫とハチワレ猫はすでにもらい手が決まっていると報告した。

それから少し時間が経ってまた休憩室で会うと、今度は困り顔で訴えてきた。サビ猫と黒猫が不人気で、もらい手がつかなくて困っているのだという。「へぇ、そうなんだ。大変だね」。親身な顔を作って聞いているものの、亜実は完全に他人事《ひとごと》だった。犬も猫も飼ったことがなかったし、住んでいるのはペット不可のワンルームのアパートだ。

ところが、また休憩室で会ったときに、猫どうなった？　と訊くと、「あーサビ猫はなんとか友達に押し付けたんですけど、黒猫は無理で」と言う。「どうするの？　自分ちで飼う感じ？」「いやーうちの親が黒猫は不吉だから嫌だって。最悪保健所かな」

あんまりサラッと言うので、亜実は思わず彼女を二度見した。まるで過去にもう何度も、保健所に子猫を連れて行ったことがあるみたいな口ぶりに聞こえた。

「まじで？」

「まあ最悪の場合ですけどね」

同僚に罪悪感はみじんもない。

それ以前にもちょこちょこあったのだ。ああ、この子は、少し常識の違う家で育ったないかもしれないと、亜実のなかで合点がいく部分があった。

副業で夜の仕事をしている子も。ただの偏見だが、この同僚はそういうことをやりかねンではいろんな人が働いている。見た目が華やかで派手な子も多い。高校中退の子も、だと思っていたが、もっととんでもない家もあるんだってことを知っていた。脱毛サロのかもしれないと、決定的な隔たりを感じることが。亜実は自分の育った家もたいがい

「じゃあ最悪になりそうだったら言って」

亜実はその時点でも自分が猫をもらうことになるとは思っていなかった。人として、当然の反応として、社交辞令の延長でそう言ったまで。しかし同情を示した亜実は完全にロックオンされてしまった。甘えた調子で「土下座するって言ったら猫もらってくれます？」と詰め寄られては、もう断れない。それに猫と暮らすなんて、考えたらわくわくしてきた。少々がさつではあるけれど、同僚のおおらかさに連日ふれているうちに、ペット不可がなんだっ、と意気があがってきた。

ある夜、同僚が実家の車を運転して黒猫を届けに来た。車の中で怪しい取り引きをするみたいに、ひそひそと飼い方についてレクチャーを受けた。車種のことはわからないが、車のシートにはピンクのヒョウ柄の座布団《ざぶとん》が敷いてあった。

「猫のトイレはありますか？」

「うん、それは用意した」

「トイレの砂は？」

「ちゃんと入れたよ」

「カリカリは？」

「ドライフードのこと？　買った買った」

「じゃあもうバッチリです」

　後部座席には段ボール箱にシートベルトがかけてあった。箱の側面には矢印のロゴマーク。amazonってなんだろう？　と思いながら、亜実は箱を見つめた。

　箱は中に振り子でも入っているみたいにじたばたと動いていた。箱の中から聞こえる悲愴《ひそう》な鳴き声に胸をしめつけられる。ときおり断末魔のような声を出して猫はあきらかにパニックなのだが、運転席に座る同僚は、パジャマ代わりみたいなヨレヨレのTシャツを着て、鳴き声なんて聞こえていないのかと思うほど、まったく動じずにしゃべりつづけた。

「名前は好きにつけていいんで」

「まだ名前なかったんだ」

「や、あたしはココって呼んでます」

「ココ？　なんで？」

「ココ・シャネルのココです。雌の黒猫だから」

「え、なんで雌の黒猫だとシャネルなの？」

「黒い服を喪服以外で最初にファッションに取り入れたのってシャネルなんですよ」

由来があまりにもかっこいいので名前は変えなかった。亜実には逆立ちしてもそんなおしゃれな名はつけられない。馴《な》れるまではココという名を呼ぶとき、ちょっと気後れして敬称をつけたりした。ココさん、ココねえさん、ココ様、ココ殿。

暴れる段ボール箱を抱えてダッシュで部屋に連れ帰る。床に置くと、ココは厭《いと》わしげに飛び出し、ワンルームの部屋のあちこちを鼻先で嗅《か》いでまわった。本当にどこもかしこも真っ黒だ。まだ子猫らしい柔らかい毛に、目は黄緑がかっている。ココは好奇心の塊と化し、室内を冒険した。テレビ台の角、テーブルの脚。相手の頬に軽いキスを往復させるフランス人みたいに、ところどころで顔をこすって自分の匂《にお》いをつけた。亜実はその開拓の様子を遠巻きに見守った。小さな黒い塊が床をサッとよぎるので、何度かビクッとなりながら。一人暮らしの女を恐怖の底に叩《たた》き落とす、あの虫の残像と、よく似ていたのだ。

ココは賃貸のワンルームの安っぽいクッションフロアをしゃなりしゃなりと歩き、猫用トイレを見つけると、ぴょんとジャンプして入った。砂の上を確かめるように円を描くように歩き、足で二、三度砂をかいて立ち止まると、そのまま静かにおしっこした。完全な無音のあと、一拍おいて、清流のようなせせらぎが聞こえてきた。スッと目を細め、高貴な澄まし顔で放尿するココを見て、亜実は大昔に冒頭だけ読んで挫折《ざせつ》した、太宰治の『斜陽』を思い出した。庭でお月見しているいると、
お母さまがいま何をなさっているか、あててごらん。
おしっこよ。
と言う、あの衝撃の場面。「えーっ」とのけぞった、十五歳の亜実。ココのおしっこはそのレベルの優雅さだった。彼女は完璧《かんぺき》に自立した存在であり、なにも教える必要がないことはその瞬間わかった。

ココを飼いはじめたとき、亜実はまだ二十代だった。離婚歴があり、そのせいでなんだかとてつもなく歳《とし》を取った気がしていたけれど、いまから思えば信じられないほど若い。脱毛サロンの主力部隊は二十代前半の未婚女性で、スタッフ全員の価値観が「早く結婚して店を辞めたい」で一致していた。亜実を結婚経験者と見込んで、「あたし絶対二十五までに結婚したいんです！」二人きりになったとき切々と訴えてくる子もいた。
結婚なんてするもんじゃないよ。一人で暮らして金銭的に自立しているのがいちばん幸せなことだと思うよ。亜実は実体験で得た教訓や本音を、おくびにも出さなかった。何気ない言動で彼女たちの気持ちに水を差したり、侮《あなど》ったりしないように気をつけた。結婚にしか活路を見出《みいだ》せない気持ちはよくわかる。自分もそうだったから。

亜実が結婚したのは二十歳のときだ。地元の短大を卒業すると、四月には婚姻届を出して埼玉に引っ越した。小中高をとおしてきわめて地味な存在だった亜実の、誰よりも早く、誰よりも遠くまで行った結婚は、同級生たちを驚愕《きょうがく》させた。結婚相手とはｉモードの出会い系サイトで知り合った。埼玉の実家に住む三十四歳の公務員の男性だった。

亜実の願いはただひとつ。少しでも早く、合法的に、実家を出ること。高校三年のとき、進路希望調査票に東京の私大と書いたら、「結婚するまで娘は実家にいるもんだ」、父親にばっさり言われたのだ。母親もそのとなりで神妙にうなずいていた。年子の兄は浪人中だった。わざわざ東京の、予備校が運営している寮に入って。

亜実は親に逆らえるような子ではなかった。親の前で本音を口にして、ぶつかり合うなんて考えたこともない。父親が怖かった。怒鳴られるんじゃないかといつもびくびくしていた。亜実は言われたとおり地元の学校に進路を変えた。女なら短大に行けと言われ、そのとおりにした。

地元の短大を出た女子は、市役所か農協か信用金庫に勤めるものと決まっていた。そういう堅いところで働いて、結婚相手を見つけるのだ。そして相手を見つけたら、二十代のうちに家を建てて子供を産み育てる。亜実はそのたった一択しか用意されていない人生も、自分には難しいだろうと思っていた。子供のころから父親にブスだブスだと罵《のの》しられて育ったせいで、自分はまともな恋愛なんてできないだろうと思い込んでいた。地元には自分を恋愛対象にするような男の人はいないと。だけど結婚しない限り、この家から出られない。

亜実は知り合いのいない土地に行きたかった。短大生になりケータイを持つようになると、すぐに出会い系サイトに登録した。あからさまに体目的の人も多かったけれど、根気よく検索していくうちに、本気で出会いを求めている人を嗅ぎ分けられるようになった。マッチングアプリも行政の婚活支援サービスもない時代、大まじめに交際相手を求めている人が、出会い系にも少なからずいた。「結婚を前提におつき合いしたい」「年齢は十八歳～二十五歳まで」。男性たちのプロフィール文を読み込むうちに、女は若ければ若いほどモテることを知った。あまりにも身も蓋《ふた》もない話だが、それが真実なのだと。実年齢を書き込むと、「本当に？　本当に十八歳？　嘘言ってない？」と疑心暗鬼の反応が溢《あふ》れて祭り状態になった。亜実は自分の年齢にここまでの価値があることをはじめて知った。いますぐ動けば、いけるかもしれないと思った。これはチャンスだ。身一つで男のもとに飛び込みさえすれば、新しい人生が拓《ひら》ける。

十八、十九と、亜実は遠距離恋愛にすべてを捧《ささ》げた。埼玉という首都圏エリア、公務員という安定した職業。メールのやり取りを重ねるうちに、相手のことはすぐ好きになった。ここではないどこか遠く、ほどほどの都会へと連れ出してくれるならば、亜実には誰だって王子様だった。

亜実は図書館で結婚ハウツー本を読みあさり、結婚願望でいっぱいの二十代女性が読むファッション雑誌でメイクやヘアアレンジを勉強した。ドラッグストアコスメで化粧を研究し、できるだけ女の子らしい、ふわふわと弱々しげな服を買った。ドキドキの初対面。亜実は男性の庇護《ひご》欲をかきたてる、ありとあらゆるドジをしてみせた。なにもないところで転び、となりを歩くときは不安顔で袖《そで》をつまんだ。終始頼りなげにふるまい、世間に無知であることをそれとなくアピールした。人混みを怖がり、地図が読めないと嘆き、自分一人ではなにもできないことを強調した。そうして、「また会いたい」と言われたときの、達成感。亜実は結婚するまで体を許さないという古典的な手法に賭《か》けた。さびしがりやを自称しつつ、連絡の頻度は抑えて、ウザい女にならないよう気をつけた。自分は劣った存在なんだとたっぷり思い込まされて育ったから、亜実はそうやってより愚かに見せるために自分を偽っても平気だった。二年近く彼をつなぎ止め、親に紹介し、向こうの親にも会いに行き、婚姻届を役所に提出した瞬間、亜実はついに刑務所から釈放されたような自由を感じた。

築四十年の公務員宿舎ではじまった、亜実の人生の第二章。けれど結婚生活がはじまってみればその実態は、管理者がすげ替わっただけだった。父親の機嫌次第だった生活から、夫のルールで回る暮らしに移行しただけで、いつも目上の男の人の顔色をうかがって、うっすらびくびくしているのに大差はなかった。そうでない生活をしたことがなかったから、むしろ亜実は新婚生活にすんなりと馴染《なじ》んだ。夫に言われたとおりのやり方でTシャツを畳み、パンツを畳んだ。夫が食べたいというものを作り、味をダメ出しされれば次に活《い》かした。夕飯を終えると夫は趣味部屋に引っ込んだ。夫はマンガとゲームが好きだった。部屋の棚一面にコミックスが並び、巨大なプラズマテレビでゲームをした。そのあいだ亜実はリビングで一人、ぴったんこカン・カンや世界ふしぎ発見！を見た。買い物は夫からカードを使えと言われていた。現金はほとんど渡されない。ちょっと雑貨屋に寄って食器を買ったら、「このアフタヌーンティーってなに？」明細を見ながら詰問《きつもん》された。そういう生活だった。日中は自由だが、お金がなくてはなにもできない。亜実はどうしても外に出たくなると図書館に行った。ファッション雑誌をめくったり、視聴覚コーナーで九〇年代の日本映画を観《み》たりして過ごした。パートでもしようかなとこぼすと、夫はあからさまに機嫌を損ねた。

結婚したての夫婦が多い宿舎はつねにベビーブームの様相で、子供が増えたところから順に、郊外の一軒家へ引っ越していった。ところが亜実には結婚して一年経っても、二年経っても、子供はできなかった。三年が過ぎたころ、義母がちくちく言ってくるようになった。婦人科へ行ってみたらと責められるのは亜実で、夫は知らん顔だった。亜実だけが問題扱いされ、年々肩身の狭い思いをするようになっていった。

性生活がないわけではなかった。ただ、セックスしても夫は亜実の中で射精したことがなかった。セックスはどちらがイクわけでもなく、いつもなんとなくはじまり、なんとなく終わった。亜実はうすうす気づいていた。趣味部屋のゴミを回収したり、出しっぱなしのソフトを棚に戻したりもしているので、彼がそこでどんな頻度で自慰行為をしているのか。どれだけ刺激的な内容のビデオを見ているのかも。こんなことをしていたら、そりゃあわたしの体ではイケなくなるのかもしれないなぁ、でもそんなことってあるのかなぁと、他人事みたいに思った。

慰謝料を出すから離婚してくれと言われたとき、亜実は二十七歳になっていた。

「慰謝料っていくらですか？」

「五十万とか？」

「五十万。それはさすがに……」

「百万ならすぐハンコ捺《お》してくれる？」

彼が出会い系サイトで知り合った二十二歳の女と再婚したと知ったのは、ずっとあとになってからだ。

現金百万円を頼りに、亜実は人生の第三章を模索した。県の広報に載っていた法律相談窓口に電話し、離婚を実家には知られたくないことを話した。ああ、それなら簡単です。電話を受けた弁護士は言った。結婚後も元夫の苗字を名乗ることにして、新しく自分の戸籍を作ればいいと。そういうことができるのかと、亜実は驚き、感動した。勢い余って「好きな苗字を自分につけることもできるんですか?」と質問すると、「そういうことはちょっとできないですね」とすげなく言われたが。

亜実はあのとき気づいていなかったけれど、百万円の慰謝料は人生をやり直せる素晴らしい贈り物だった。あのお金がなければ行く場所がなくて、結局は実家に戻ることになっていただろう。百万円のおかげで川の向こうの東京にワンルームの部屋を借りることができた。未経験者でも正社員になれる仕事を探して、脱毛サロンに行き着いた。研修をクリアして店に立った。はじめて月給を手にした。無我夢中で現実を処理していくうちに、奇跡的に、自立した生活を送る基盤が整っていた。亜実がここまでたどり着くのは、本当に本当に、困難なことだった。

一人で暮らしてみて、亜実はようやく知った。誰にも〝監督〟されない生活が、どれほど快適なのか。人の顔色もうかがわなくていい、遠慮もしなくていい、好きなものを好きなだけ食べたり、テレビを見てぎゃはは と大声で笑ったり、ぐうたら夜更《よふ》かししたりすることが、どれだけ心にとって栄養価の高い行為か。風呂《ふろ》上がりに全裸でアイスを食べたり、好きな音楽で踊ったりすることが、どれだけ生きる喜びか。亜実は仕事も好きだった。働いてさえいれば、最低限の自尊心は保たれることを知った。自分でお金を稼ぎ、誰にも気兼ねなく自分で使える幸せを嚙《か》み締めた。

ときどきふとした拍子に、父親や元夫からよく言われていた定型文のような罵声《ばせい》が、頭をよぎることがあった。脱毛サロンの店内、Jポップのヒット曲がインストゥルメンタルで静かに流れる中、黙々と手を動かしていると、どこからともなく空耳が聞こえてくるのだ。


は？　そんなことも知らないの？

俺くらい稼げるなら働けば？

誰のおかげで生活できてると思ってんだ。

女のくせに余計なこと言うな。

あやまれよ。

俺を怒らせたのはお前だからな。

飯くらいちゃんと作れ。

女なら当然だろ？


亜実は頭をふって内なる男たちの声を追い出し、お客の体にひんやりしたジェルを塗り広げ、「死ね！」と念じながら、毛根に光を当てた。

父親や元夫から浴びせられたネガティブな言葉や思考回路が、思いのほか自分の中に深く打ち込まれていると気づかされたのは、ココとケンカしたときだ。爪《つめ》切りを拒んで亜実の手の甲に穴が空くほど噛みついてきたりすると、険悪な空気になり、ぐちぐちとココを責める言葉が溢れ出した。

保健所に連れて行かれそうだったくせに。

それをわたしが助けてあげたんだよ？

わかってる？

わたし以外もらい手がいなかったんだよ？

へぇー、助けてあげた人にそんなことするの？

それで済むと思ってるの？

相手の人格を否定し自尊心を奪う言葉が、自動小銃のように口から溢れ出た。亜実はきまってそのあとひどく後悔し、泣いてあやまった。

ココはグルメだった。出された缶詰が気に食わないと、そっぽを向いて口もつけてくれない。亜実の家では食べ物を残すと父親から叱責《しっせき》されたものだ。誰のおかげで飯が食えて云々《うんぬん》という、あの醜悪なフレーズが飛び出さないよう、嫌いなものをえずきながらでも口に詰め込んできた。それなのにココときたら。

この缶詰、誰が稼いだお金で買ったと思ってるの？

そんな態度でわたしに嫌われたらどうするの？

猫缶だってばかにならないんだよ。

もっとありがたいと思って食べてよね。

残すなんてありえない。

猫のくせに選《よ》り好みなんかして。

言ったあとで、亜実はやっぱり泣いた。口から出てくる言葉から、自分の可哀想《かわいそう》さを知って。みじめな気持ちになって。ココはこんなひどい人間のそばにいてくれるの？やさしいね、いい子だね。ありがとうね。

ココはなにを言われても、当然、右から左に聞き流した。話しかけられていてもまるで意に介さず、ぺろりぺろりと肉球を舐めるなどして、エレガントに身繕いした。退屈そうにあくびをして、トイレに入って用を足した。とびきり澄ました顔で。背筋をスッと伸ばして。挙動や間のとり方が、ココはときどき、たまらなくおちゃめだ。亜実はつい笑ってしまう。笑わされては完敗だった。

その一方で、ココは警戒心が強かった。ドアの外に人の気配を察知すると、チャイムが鳴るより先に駆け出し、シングルベッドの下にスライディングした。瞳孔を大きく見開き、スパイみたいに身を潜めたときの、あの真剣な顔。窓の外に異変があれば、カーテンをボロボロにしながらよじ登り、近隣の様子を真剣な面差しでうかがった。

仕事でくたくたになった日は、駅前でたこ焼きを買って帰った。シャワーを浴びて、たこ焼きを温め直してビールといっしょに食べる。追加でトッピングしたかつお節をココと分け合う。普段のココは水を飲むときも、顔を洗うときも、排泄《はいせつ》さえ上品なのに、かつお節を食べているときだけは我を忘れて、飢えたハイエナみたいにがっついて、フゴフゴ鼻を鳴らしながら食べた。

亜実はどうしようもなく落ち込んだときやさびしいとき、風邪薬をぽりぽり食べる癖があった。高校時代に「こうするとふわっとなって気持ちいいんだよ」とクラスメートから教わり、それがドラッグの代用にあたるのだと知ったときには、やめられなくなっていた。ある日、瓶から取り出した錠剤をテーブルに並べていると、ココの前足が目にも留まらぬ速さで伸びてきた。

スパーァンッ！

百人一首の全国大会みたいな気迫とスピードで、錠剤はテーブルの外へ払い出された。さらにココは錠剤を追いかけ、サッカーボールみたいに右左と器用にドリブルした。完全に野生に還《かえ》ったココ。興奮のあまり飛びかかって、柔道の受け身みたいに体ごと投げ出し、倒れ込んで錠剤とじゃれる。ココが薬を飲み込んだらやばいと、亜実は必死になってココを止めた。そのとき腕を引っ掻《か》かれた跡は、ケロイド状に膨れ、傷跡はいまも残る。亜実はそれを機に、風邪薬で飛ぶ悪癖を断ち切った。

亜実がスマホに機種変更したのは震災からずいぶん経ってからだった。テレビを見ていても、ツイッターでつぶやかれたコメントが画面に流れるようになって久しく、バイトがふざけて悪さをした投稿がよくニュースになっていた。脱毛サロンで何度かの異動を経て副店長になっていた亜実は、マネジメントの一環として、スタッフがおかしなことを書き込んでいないかチェックする目的でアカウントを作った。

最初は使い方がわからなかったけれど、手探りでいじるうちにだんだんその世界を把握していった。突然知らない人からフォローされ、その人のアカウントを見に行き、過去の発言をたどる。おもしろいことをリツイートしている。そのリツイートのアカウントを見に行く。たくさんリツイートされている人は当然フォロワー数が多く、どの投稿も気の利いた言葉ばかりだ。フォロワー数の多いアカウントは発言にも自信が溢れ、自信に溢れている人の元に、人々は吸い寄せられる。そしていつしか彼らを信奉するようになる。まるでたくさんの小さな宗教が、あちこちで発生しているように思えた。そして宗教戦争よろしく、意見の対立する者同士がいがみ合っている構図も見えてきた。

亜実は暇にあかしていろんな人の言葉を読み、過去のツイートをたどったりさかのぼったりするうちに、自分の同類と思える人たちと邂逅《かいこう》した。粗野ですぐ怒鳴る父親に、否定の言葉ばかり浴びせられて育った女性たち。当たり前のように男きょうだいの下に置かれてきた女性たち。夫に怯《おび》える女性たち。亜実は彼女たちの言葉から、これまで自分が味わった苦しみがなんだったのか、解き明かす用語を知っていった。モラハラ、毒親、家父長制。言葉はすごい。言葉さえ手に入れば、謎《なぞ》はみるみる解けた。ジェンダー、フェミニズム、ミソジニー、ホモソーシャル。そういった言葉を亜実はスポンジのように吸収した。ツイートを読み、おすすめされる記事を読み、おもしろそうな本を買った。

亜実がこれまで誰にも打ち明けてこなかった秘密が、ネットにはあけすけに書かれていた。実家を出るための手段として結婚を選んだ人は亜実だけじゃなかった。亜実はずっと自分を騙《だま》していた。これは恋なんだ、恋愛なんだと思い込んでいた。だけど本当は、結婚を足がかりに毒親から逃げようとしただけだった。それを認めたとき、亜実はまたひとつ自由になった。

ツイッターで女性たちは、のびのびと自分の言葉で語っていた。実家から逃げ込んだ先がモラハラ夫というのは「あるある」なのだと亜実は知る。親との関係が恋愛にどんな影響を与えるのかも。結局、父親と同じような男性に行ってしまったメカニズムも。個人的な悩みだと思って誰にも打ち明けずにいたことが、実は社会の仕組みの歪《ゆが》みから生じたバグみたいなものだったことを知った。わたしたちはパターン化した負のスパイラルに苦しんできたのだということ。亜実は知恵の実を食べたみたいに、どんどん自分を理解していった。

ありとあらゆるものに病名がつけられ、共通認識されていた。発達障害、学習障害、アスペルガー症候群、ＡＤＨＤ。ディスレクシアについて知ったとき、小学校のとき唯《ゆい》一《いっ》仲の良かった女の子のことを思い出した。教科書の朗読に異様に手こずっていたあの子。先生はとても意地悪で、しょっちゅうあの子をわざと当てていた。そういう嫌な大人ばかりだった。ふと思い出して、亜実は元夫との、奇妙な性生活についても調べた。もちろんそれにも病名がついていた。膣内《ちつない》射精障害。自慰による過度に強い刺激に慣れすぎたペニスは、女性の膣内ではオルガスムに達しなくなる。それを男性不妊の一種であるとした記事を、亜実は元夫とその実家に送りつけてやりたかった。亜実は怒っていた。怒りは二つ折りケータイ時代のメールのように遅延してやって来た。だけどもう、元夫のことなんてどうでもいい。わたしにはココがいるから。

ココはいちゃいちゃモードになると、ぐるぅぐるぅぐるぅと、母体の胎内で鳴るような音でのどを鳴らす。信頼感たっぷりに、とろけるような眼差《まなざ》しで愛を交信させ、心が完全に通じ合っていると思える瞬間がある。スマホと亜実のあいだに入って、甘えん坊の恋人みたいに頭をくりくりとこすりつけたりして。どこにいてもお互いの姿が見えるほど狭いアパートにもかかわらず、ココはトイレにもお風呂にもついて来た。亜実はユニットバスのドアを開けたまま便器に座って、構ってほしそうに高圧的に鳴きつづけるココに、「ちょっと待ってね」笑いながら詫《わ》びる。バスタブに浸《つ》かってゆっくり半身浴していても、ココはまた鳴いた。ココは自分に関心が向けられていないと腹を立て、目覚ましのアラームみたいにビービー鳴く。そのくせ、気分が乗らないときは撫《な》でられても、「よしてよ」と気位の高いイイ女みたいな仕草で、亜実の手をはたいた。

亜実は平身低頭で、一日に何度もごめんごめんとココにあやまった。昔は父や元夫にあやまるたび、心が小さく死んだものだけれど、ココにならあやまっても嫌な気持ちはしなかった。

ココが亜実のもとに来て間がないころ、甘えてくるココをベタベタと撫でまわしていると、様子がおかしくなったことがあった。突然ハアハアと息遣いが荒くなり、目がらんらんと輝き、伏せのポーズでお尻《しり》を突き出してきた。

「え？」

意味がわからずきょとんとして、はたと気がついた。発情期だ。

まだスマホがなかったころで、自分ひとりで知恵を絞るしかなかった。亜実はココの気持ちになって、なにを欲しているかを考えた。ひらめき、綿棒を手に取る。痛くないよう、オリーブオイルでよぉく湿らせた。亜実はココに覆いかぶさり、頭をやさしく撫でながらことに及んだ。ココはこれぞ動物というような大きな声を出した。生殖のための発情のとき、生き物は魂から叫ぶことを亜実は知った。あまりの絶叫にあわてて布団をかぶった。布団の中で亜実は、ココの気がおさまるまで何度もした。後日、大慌《おおあわ》てで動物病院に避妊手術の予約を入れた。

寒くなるとココは布団に入ってきた。電気を消したあと、布団をかぶった亜実の体を踏んづけながら、のっしのっしと枕元《まくらもと》に近づいてきた。みぞおちをダイレクトに踏まれると、「あうっ」と声が漏れた。胸骨の真上に座り、亜実の肩まわりをすっぽり覆う布団を、ココはじとーっと睨《ね》めつけ、開けろ。

無言でアピールした。

「どうぞどうぞ、いらっしゃいませ」亜実はささやき、招き入れた。

ココが布団に来てくれると本当にうれしかった。なにしろココは、自分が寒いときしか入ってくれない。ココはポジショニングがしっくりキマるまで何度も布団を出たり入ったりした。ようやく落ち着くと長い脚を折り、亜実の腕枕に収まって、二人は抱き合って眠った。まるでパズルのピースがはまったみたいにぴったりと。ジョン・レノンとオノ・ヨーコのあの写真みたいに。ココは小さな顎《あご》を亜実の肩にちょこんとのせて目を閉じ、すぴぃすぴぃと寝息を立てた。稀《まれ》に寝言も言った。

そういう暮らしが十年以上つづいた。三十代はずっと幸せだった。

亜実は一度も旅行に行かず、外泊もしなかった。もちろん飲み歩いたりもしない。なにしろちょっと出かけても、部屋でココが待っていると思うとそわそわしたし、帰りたくてうずうずしてくる。軽くお茶でもしたいなと、駅ビルのスタバに寄りたい誘惑に駆られてレジに並んでも、ココのことを思うと列からすっと離れて、気づいたら改札をくぐっていた。

三十五歳になるころには職場から同年代は激減した。望み通り結婚して辞めた人もいれば、転職した人も多い。脱毛サロンの施術は体力勝負だし、二十代の仕事というイメージが本人たちにあり、そもそも仕事を長くつづけることに重きを置いている人は少なかった。未婚女性に弱点があるとすれば、仕事をつづけることへの執着のなさだと、二十代のほとんどを専業主婦として過ごした亜実は思う。まるで女性アナウンサーみたいに三十歳を境に離職者が増えるが、その気持ちは亜実だってわからなくはなかった。若ければ若いほど、時間に対する摩擦熱は高く、同じことを四年も五年もつづけているのが苦痛になってくる。独特に停滞している感じ、たまらない倦怠《けんたい》と退屈。あの激しい焦燥感は、二十代の女にしかわからない。そこへいくと三十代は、目の前の仕事をこなすうちに代わり映えもなく、一年は穏やかに過ぎた。自分から辞めず、黙々と職務をまっとうする亜実は、ついに店長に昇格した。

亜実は四十代になった。数年前から目立ちはじめた白髪がいよいよ増え、三週間に一度、美容院で染めている。ココの真っ黒だった毛にも、白髪がまじるようになった。瞳《ひとみ》も白濁するようになり、動物病院の先生は、もうあんまり目が見えていないかもねと言った。昔のように瞳孔が細まって怖い目をすることはなくなり、老いてますます可愛くなった。

その年の秋から冬にかけて、日一日と寒さが増していくにしたがって、ココはどんどん衰えていった。足腰が弱り、猫用トイレを跨《また》ぐのがつらそうになったので、フチが浅いものに変えた。それから間もなく、トイレは室内犬用のペットシートになった。排便が難しくなり、お腹《なか》をマッサージしたり、お尻を揉《も》んだりした。一粒でも便が出たら「がんばったね」と頭をよぉく撫でた。ココは毎日一段ずつ階段を降りるみたいに、弱り、老いた。ペットシートにも間に合わないことが増え、小型犬用のおむつを穿《は》かせた。ペット用おむつにはお尻に丸い穴が空いていて、そこからしっぽを出す。亜実は、おむつに空いた穴にココのしっぽを通すとき、あまりの愛おしさに毎回胸が詰まった。猫というとても可愛い形をしているけれど、ココは人間だ。そうとしか思えない。

おしり拭《ふ》きを常備し、一日に何度もおむつを取り替えた。亜実はシングルベッドのフレームを処分して、床に布団を直に敷いて添い寝した。もはやその日が近づいていることは明らかだった。ここから持ち直して、再び元気になることはないんだろうと思った。そんな状況でも亜実は毎日職場へ行き、シフトを作成して、新人を指導して、エリアマネージャーからの嫌味を飲み込み、クレームをつけてくるお客に頭を下げた。店を閉めるのが夜十時。帰りは毎日十一時ごろだ。

その日、部屋に帰ってパチッと電気をつけると、ココが床の上で亡くなっていた。普段ココを寝かせているペット用のホットカーペットの上にはおらず、冷たい床の上で息絶えていた。体はすでに硬くなりはじめていた。艶を失いぱさぱさになった白髪まじりの毛。筋肉が削《そ》げ落ち痩《や》せ細った体。呼吸が相当辛《つら》かったのだろう、酸素を取り込もうと、大きく口を開けたまま倒れていた。亜実はひざまずき、ココを何度も撫で、その体にキスした。涙と鼻水でココの毛はぐしょぐしょになった。

ひとしきり泣くと我に返り、スマホで検索して、ペットの火葬場を調べた。受付時間をとっくに過ぎている。仕方なく、猫　遺体　保管で検索し、家にあったアマゾンの箱に、保冷剤や冷凍チャーハンを並べ、バスタオルを敷いてココの体を横たえた。箱のサイズはぴったりだった。介護生活に備えて、アマゾンで小型犬用おむつをお得な三個セットで購入した箱だった。翌日、部屋にココの遺体を置いたまま職場に行き、仕事の合間にペット葬儀社に電話を入れて、火葬の予約が三日後にとれた。奇跡的に自分のシフトを休みにしていた日だった。ドラッグストアでアイスノンを買い込み、三日間ココの体を冷やしつづけた。真冬だったが、暖房はつけず、亜実はコートを羽織って部屋に佇《たたず》み、ココの遺体と過ごした。火葬の日、予約の時間まで部屋でココと待っていると、窓から冬の日差しが、ぽかぽか差し込んできた。太陽の光が、床をスポットライトみたいに照らす。そこはちょうど、あの日ココが倒れていた場所だった。亜実は「あっ」と思った。そっか、ココ、日向《ひなた》ぼっこしてたんだ。

§

ホヅミさんの猫は、難しい病気を患《わずら》っていたという話だった。そばを離れたくないあまり、介護のために離職して、貯金を切り崩して医療費につぎこんだそうだ。

「医者の見立てより半年くらい長くもったの。最初はね、よくやったぞ、やりきったぞって思ってたんだけど。でもね、点滴いっぱいして、無理やり延命してた部分もあったから、だんだん後悔するようになってきて。あそこまで無理させなくても、病気を受け入れて、もっと自然に逝《い》かせてあげてもよかったんじゃないかって。ごめんねごめんねって、骨壺《こつつぼ》に向かって毎日手を合わせながらあやまってる」

ホヅミさんはハンカチで目頭を押さえた。亜実もちょっともらい泣きして、告白する。

「うちは逆ですね。だんだん弱っていったんで、寿命なんだと思って病院にも連れて行かなかったし、自然にまかせてたんです。でもだんだん、なんでもっと手を尽くしてあげなかったんだろうって後悔しはじめて。猫って長生きする子は二十歳くらいまで生きるじゃないですか。海外のサプリとか飲ませてたら違ったのかなぁって、あとからあとから考えてしまって」

「じゃあ、どっちみち、後悔は尽きないのかなぁ」

ホヅミさんは救いを求めるように言った。

「だと思います」亜実は言った。

ホヅミさんが離職できたのは、結婚しているからだった。だけどそれを壊しちゃったわと、ホヅミさんは告白した。

「主人がね、あんまりあたしが猫に入れ込むもんだから、出てっちゃったのよ」

「ひどい……。そんな人、別れていいんじゃないですか」

ホヅミさんは苦笑いではぐらかした。

「……あなたは？　結婚してる？」

亜実は首をふった。

「二十代で離婚したきりですね」

「恋人は？」

亜実はまた首をふった。男性に奪われた人生を取り戻している途中なんです。説明してもこの人には通じないかもなと思って、言うのをやめた。そんなことより、愛猫のことを話そう。

「ついつい死に際《ぎわ》の、看病してたときのことばっかり考えてしまうんですけどね。でもそうじゃなくて、できるだけ元気だったときの、楽しいときのことの方を、たくさん思い出してあげなくちゃと」

ホヅミさんは、そうねそうねとうなずきながら、スマホの写真を見た。

「レタブロか。うん、いい供養《くよう》してあげてるよ」

「そうですか?」

「ほんとに。こういうの自分も作りたいと思ってる人いると思うよ。すごくユニークよ、これ」

ホヅミさんはワークショップに行くのも自分で主催するのも好きというフットワークの軽い人で、教室を開くことを亜実に勧めた。素人《しろうと》だってYouTuberになって稼いでる時代よ、令和よ、などと言って説得にかかったが、亜実が「こんなこと教わりたいと思う人います?」とネガティブに謙遜《けんそん》すると、あっさり引き下がった。

「まあ、教室なんて自分でやろうと思わないとね。人に嫌々やらされるんじゃ楽しくないから」

その言葉が、結果的に亜実の背中を押した。

亜実は自分で貸し教室を調べて、カットした木板や釘《くぎ》、蝶番《ちょうつがい》のキットを試作し、講座〈猫とずっと一緒にいる方法〉のアカウントを作って、準備過程の一部始終をツイッターで発信した。#猫仏壇　#レタブロ　#愛猫　#供養　ハッシュタグをつけまくった。

ネットには奇特な人がたくさんいるもので、辺鄙《へんぴ》な場所にある区民センターに金曜日の夜に通いますと誓う、愛猫を悼《いた》む生徒が五人も揃《そろ》った。亜実は自分が一からはじめたことがこうして人々に受け入れられ、驚くと同時に、満たされるのを感じた。まるで宣教師のような使命感だ。レタブロ作りによってわたしは救われました、あなたがたを同じように救済するのがわたしのミッションなのです――そんな敬虔《けいけん》な気持ち。

生徒はみなまじめに制作に励み、一年が経《た》ち、レタブロを完成させて卒業していった。二期生も順調に集まった。一度、夕方の地域ニュース番組が、「変わった習い事」特集の取材に来たことがある。

ＮＨＫの女性アナウンサーがちょっと無理してテンションを上げながら、〈猫とずっと一緒にいる方法〉とはいったいなにか、ナレーションで説明していく。

「脱毛サロンで店長として働くこの女性。ぱっと見たところごく普通の女性ですが、実は毎週金曜日、あることを教える先生に変身するんです。

みなさん、〈猫とずっと一緒にいる方法〉と聞いて、どんな方法を思い浮かべますか？　剝製《はくせい》にして部屋に飾っておく？　それとも、新しい猫を飼う？　いやいや、この教室で教えているのは、こちら。南米ペルーの箱型祭壇、レタブロなんです。お話をうかがいました。

――この講座で教えていらっしゃるレタブロは、キリストではなく、亡くなった猫ちゃんを祀《まつ》っているそうですね」

「はい、そうなんです」

録画したオンエアを亜実は一人で見た。猫仏壇について語る自分は、完全にイカれてるなと思って、ちょっと落ち込んだ。イカれてるといえば——。

亜実はココがいなくなってからというもの、輪廻《りんね》してもう一度、自分のもとに戻ってきてくれないかと、うっすら期待して日々を過ごした。公園でゆらゆら飛びながら亜実に近づいてきた蝶、夜道で目の前を横切ったネズミ、ベランダのオリーブについた芋虫、部屋に出た大きなクモ。血を吸いに腕に止まった蚊にまで、

「もしかしてココ?」

亜実は情愛を向けた。

しかしなんと言っても、いちばんココを感じるのはあの、その名を呼ぶことすらはばかられる、あいつだった。一人暮らしの女を恐怖のドン底に突き落とす、あの世にも恐ろしい黒光りした虫が出現すると、亜実は阿鼻叫喚《あびきようかん》のパニックに陥る。ぎゃあぎゃあ大騒ぎで逃げ惑いながら、視界を俊敏に横切る黒々とした残像に、子猫だったころのココを、申し訳ないが思い出した。もちろん殺せなかった。年に一度か二度、あいつは必ず出た。

ぎゃあああああぁぁぁ……!

恐ろしさに我を失いながらも、亜実はちょっとだけ、うれしいのだった。

恩田 陸

忠告

恩田陸　Onda Riku
1964（昭和39）年、宮城県生れ。'92（平成４）年『六番目の小夜子』でデビュー。2005年『夜のピクニック』で本屋大賞受賞。'17年『蜜蜂と遠雷』で直木賞と２度目の本屋大賞をそれぞれ受賞した。

「はいけい　おせわになっておりす　ごしゅじんさま
いつもさんぽ　ぼーるあそび　ありがとうござます　ことしのなつは
あつかったので　つめたいしーとはたすかりした　ねんねん　あつくなり
のは　ちきゅうおんだんか　せいですね　はだしで　そとをありくのも
ねんねん　つらくなれます
もっと　いろいろ　はなししたいですが　いそいでいるので　かつあい
ます
とても　しんぱいしてす　ごしゅじんさま
じつわ　ごしゅじんさま　に　きけんせまつてす　にげてくだい
ごしゅじんさまのおくさま　こわい　ひでい　ひとです
わたしわ　いつも　ごしゅじんさまのいないばしょでわ　けられたり
あきかん　ぶちけられたり
でも　ごしゅじんさまの　まえでわ　にこにこ　にこにこ　こわい　ひ

とす　ごしゅじんさまのるす　あおいやねのいえの　おとこ　きてす　ひげの　おとこきてす　おくさまと　なかよし
いつも　ごしゅじんさまの　わるくちなかよし
ずっと　しらんぷり　だましたる
でも　このごろわ　ごうとう　みせかけ　ごしゅじんさま　ころす　そうしきなかよし　にげる　そうだん　ふたり　ごしゅじんさま　ひでい
とても　しんぱいしてす
よる　よびりん　よんかいなったら　ごうとう　あおいやね　ひげのおとこ
しんじてくだい　しんじてくだい　ごしゅじんさま
わたしわ　じょんです　いぬの　じょんです　げんかんぐち　つめたいしーとねてす　じょんです
なぜ　じがかけりように　なったか　ふしぎでせう　ふしぎす
せんげち　よる　みなさん　りょこうるす　よる　そらに　まるい　おおきなえんばん　わたしほえてほえてたら　つよい　ひかり　まっしろひかり　あびて　ことば　よみ　かき　できるよに　なりした

もじ　かけりように　でも　くちにくわえて　ぺん　かきのは　つらい
でしがいてもたつてみ　いらりず
ごしゅじんさま　にげてくだい　しんぱい
しんじてくだい　わたしわ　じょんです　ごしゅじんさまの　くつ　さ
んぽのとき　さんかくのきず　くつ　いつもみてみす
こんしゅう　よる　きっと　よびりんよんかい　なったら」

そこまで読んだところで、妻に呼ばれた。

「誰からのお手紙なの？」

妻はキッチンから顔を出して、手紙を読んでいる夫を不思議そうに見る。

男は慌《あわ》てて手紙を畳んだ。

「いや、こどもの悪戯《いたずら》らしい――なかなか手がこんでる」

ふと足元を見ると、いつのまにか愛犬のジョンが彼に何かを訴えるよう
に見上げ、尻尾《しっぽ》を振っている。

「よしよし、ジョン」

頭を撫《な》でようとすると、ジョンは尻尾を振りながら男の革靴をぺろぺろ

と舐《な》めた。舐めているところを見ると、そこには彼が気付かないうちにつ
いていた三角形の傷がある。

キッチンから妻が呼んだ。

「あなた、グラスを出してちょうだい」

「――まさかね」

男は首を振りながら、キッチンに歩いていった。

ジョンはしばらく尻尾を振りながら男を見送っていたが、やがてパッと
玄関に向き直り、激しく吠《ほ》え始めた。男は足を止め、ジョンをじっと見つ
める。

「どうしたんだ、ジョン」

「誰か来たみたいよ。出てくれる？　あなた」

「誰だろう、こんな時間に」

男が玄関に向かって歩いていくあいだに、呼び鈴が四回鳴った。

あの陽だまりと、カレと

早見和真

早見和真　Hayami Kazumasa
2008（平成20）年『ひゃくはち』でデビュー。'15年『イノセント・デイズ』で日本推理作家協会賞受賞。'20（令和２）年『店長がバカすぎて』で本屋大賞ノミネート。同年『ザ・ロイヤルファミリー』で山本周五郎賞を受賞した。

カレと再会したのは、渋谷の路地裏だった。

「あの、ちょっと待って……。え、マル？」

街中の光が屈折していた、真夏の昼。センター街に向かう人の流れに抗《あらが》うように、私は思わず足を止めた。

背後を歩いていたサラリーマンが舌打ちした。地下鉄を降りた瞬間から人の多さとせわしなさに尻込《しりご》みし、わざわざ細い道を歩いていた身だ。普段の私だったら「ごめんなさい」と、すぐに頭を下げていたに違いない。

でも、私は怯《ひる》まなかった。というよりも、意識が向かわなかった。むしろ視界をさえぎるように立つサラリーマンをわずらわしいと思ったくらいで、男が脇《わき》をすり抜けていくコンマ一秒、二秒の時間がやたら長く感じられた。

カレもまた歩を止め、以前と変わらない釣り上がった切れ長の目を見開きながらこちらを見ていた。

それまで塊となって押し寄せてきていた周囲のざわめきが、なぜか一つ一つ、粒立って聞こえてきた。女の子たちの笑い声、車のクラクションの音、デビュー間もないアイドルグループの歌声、振り込め詐欺《さぎ》の注意をうながす街頭のアナウンス、セミの鳴き声……。

そうしたすべての音をかき分けるようにして、まっすぐなカレの声が耳を打った。

「ウソでしょう……？　アンナなの？」

大学入学を機に故郷・愛媛から出てきて一年半が過ぎようとしていた。

覚悟はしていたが都会の水になかなか馴染《なじ》めず、ようやく生活が安定してきても常に気は張っていて、バイト先で叱《しか》られたときや、友人関係がこじれたとき、将来について悩むとき、久しぶりに里帰りをして、慣れ親しんだ道後温泉に浸《つ》かったときなど、涙がこぼれそうな瞬間はたくさんあった。

それでも上京して以来、きちんと涙をこぼしたのは、このときがはじめてだったと思う。

「うん、アンナだよ」

独り言のように言いながら、私はカレに歩み寄った。「マル」というのは、もちろんニックネームだ。あの頃、周りの人たちはみんなカレをそう呼んだ。

マルの細い目も赤く潤《うる》んでいた。私自身もそうだったけれど、そういえばマルもかつては泣き虫だった。

「ウソみたい。信じられない。アンナ、すごくキレイになったね」

「何そのしゃべり方。マルらしくない」

「オレらしいって……。だって、アンナと会うのなんて十年ぶりくらいだよ？　あの頃の自分がどんなふうだったかなんてもう覚えてないよ」

　お互いの予定を確認するわけでもなく、どこか店に入るという発想さえ思い浮かばず、私たちは当然のように近くの公園に場所を移した。再会を演出してくれるかのように、公園に他の人はいなかった。

「それにしてもずいぶん痩《や》せたね、マル」

　木陰のベンチに横並びで腰を下ろし、私はまじまじとマルのお腹《なか》を見つめた。マルはいたずらっぽく微笑《ほほえ》んだ。

「ああ、たしかに。あの頃オレちょっと太ってたもんね」

「いや、ちょっとっていうか……」

「マジで？　めちゃくちゃデブだった？」

　当時、誰かにそう言われると烈火のごとく怒っていたのを忘れてしまったように、マルは自分で言って大笑いする。

「ああ、それにしても、十年だもんなぁ。アンナ、よくオレだって気づいたね」

「それは気づくよ。マルだってすぐにわかったでしょ？」

「うん。アンナは全然変わってないから。っていうか、すれ違うときに匂《にお》いでわかった」

「匂い？」

「うん。オレはここがよく利《き》くからさ」

マルは自分の鼻先にうれしそうに触れると、ぴょんとベンチから飛び降りた。周囲の木々から夏の陽がこぼれ落ちている。マルは吸い寄せられるようにして、ゆっくりと陽だまりに近づいていった。

「ああ、なんか懐《なつ》かしいなぁ。アンナと話してたら愛媛のことを思い出したよ。久しぶりに熱々のじゃこ天が食べたいなぁ」

私だってもう何年も食べていない愛媛名産の練り物の名を挙げ、マルは気持ち良さそうに伸びをした。

変わったのは体型だけだ。

あの頃と同じように、マルにはやっぱり陽だまりがよく似合う。

マルと出会ったのはまだ小学校低学年の頃だった。一言でいえば、マルはすごく変わった子どもだった。

誰かと群れることを極端に嫌い、何かに不満を抱えたような仏頂面《ぶっちょうづら》を浮かべていて、あまり口も開かない。一人でボンヤリと窓の外を眺めていて、誰かに話しかけられてもぷいっとそっぽを向いてしまう。気づけば、いつもウトウトしている。

引っ込み思案で、周囲の顔色ばかり見ていた当時の私は、そんなカレの姿を一目見てクールだと感じてしまった。

そう、あれはまさに一目惚《ぼ》れだったのだ。だからだろう。大人にも、クラスメイトにもなかなか話しかけることのできなかった私が、マルに対してだけは自分から積極的に声をかけることができた。

マルもなぜか私には心を開いてくれた。というか、私としか話をしなかった。二人きりでいるときなどは飽きもせずにずっと話をしていたし、黙っていても、マルの考えていることは不思議と理解することができた。

あの頃、マルがログセのように言っていた言葉がある。

「オレとアンナは最高のパートナーだから――」

とてもクールで、でも優しさにあふれていた。

当時の私は、それを永遠の言葉だと信じ切っていた。

出会ったときはこちらが不安になるほど小さく、痩せ細っていたのに、マルはそのキャラクターに似合わずにある時期からコロコロと太っていった。

クールなのに丸っこい姿は愛くるしくはあったけれど、あまりの急激な体型の変化に私は健康を心配した。

そして、そのことを巡って私たちは小さな言い争いをした。内容はたいしたことじゃない。子ども同士のちょっとした口げんかだ。

でも、その直後、事件が起きた。ちょうど桜が咲き乱れていた春のある日、マルが前触れもなく私の前からいなくなってしまったのだ。何も聞かされないまま姿を消して、そのまま何日も戻らなかった。

当然、周囲は大変な騒ぎになった。まだ幼かった私はマルがいなくなったのは自分のせいだと、来る日も、来る日も泣き続けた。

私のあまりの鬱《ふさ》ぎようを心配した母は「大丈夫。アンナのせいじゃないから」と、慰めようとしてくれ、何事においてもがさつな父は「どうせそのうちひょっこり帰ってくるだろ」と、他人事《ひとごと》のように言い放った。

そのあまりに無責任な口調は私の神経を逆なでした。しかし、悔しいけれど父の言うとおりマルはひょっこりと戻ってきた。

散々心配をかけたくせに平然としているカレに、思うことはたくさんあった。でも、私は何も言わなかった。

戻ってきたマルの変化に気づいたからだ。でっぷりとしたお腹も、緩んだあごのラインも、何かに怒っているような目の形も、それなのに愛嬌《あいきょう》のある雰囲気も変わっていない。でも、なぜか再び私の前に現れたマルは自信がみなぎり、精悍《せいかん》になっていた。

その異変に気づいている者は、私以外いなかった。

「愛媛県内を一人旅してたんだ。信じてもらえないだろうけど」

マルは誇らしそうに言っていた。私はそれを微塵《みじん》も疑わなかった。マルは旅先で触れたたくさんの景色や、出会った人や猫のこと、それぞれの土地で食べたもの……。つまりは沸き立つような冒険譚《たん》を私にだけ聞かせてくれた。

とくに胸を打ったのは、瀬戸内海に沈む夕日の美しさについての話だった。

「本当にすごかったんだ。鏡のように穏やかな海の中に真っ赤な太陽が溶けていくんだ。オレが見てきた夕日とは全然違った。見ているだけで涙が出そうになった。いつかアンナとも一緒に見られたらうれしいな」

柄にもなくロマンチックなことをつぶやいて、マルは噛《か》みしめるように続けた。

「オレはもっといろいろな景色を自分の目で見てみたい。世界がどれだけ広いのか知りたいんだ」

自分の言ったことを実践するかのように、その後、マルは再び一人旅に出た。さすがに前回ほどの騒ぎにはならなかったが、私は前回以上に気を揉《も》んだ。

なぜかもう二度とマルが戻ってこないのではないかという胸騒ぎがしたからだ。このときはまた当然のような顔をして帰ってきて、私の心配は杞憂《きゆう》に済んだが、三回目についに悪い予感が的中した。

そのわずか数ヶ月後にマルは三たび私の前から姿を消して、そしてもう二度と会うことはなかった。

小学四年生の秋の出来事だ。あの日からほぼ十年。もちろん、毎日思い返していたわけではないけれど、マルの存在を忘れたことは一度もない。

とくに記憶に刻まれていたのは、マルがいつも言っていた「世界の広さを知りたい」という言葉だ。地元の高校を卒業し、大学に進むとき、周囲から勧められた愛媛の国立大ではなく、東京の私立大を選んだのは、あの言葉に支えられてのことだったと思う。

それと、もう一つ。「オレとアンナは最高のパートナーだから」というマルの口グセも、私は忘れていなかった。

だから渋谷の路地裏ですれ違ったとき、私は「まさか」とは思わなかった。

あの日はとっさに言葉にすることができなかったが、私の胸にあったのは「やっと」という気持ちに近かった。

渋谷での再会から一年が過ぎた。

「さすがにちょっとはしたなくない？」

そうおどけた調子で言いながら、その日のうちにマルは私の部屋に転がり込んできて、それ以来、私たちはほとんど毎日一緒に過ごした。

とても穏やかな時間だった。大学も、バイトも休みのときなどは、窓辺で一緒に太陽の光を浴びたり、ただゴロゴロしたり、じゃれ合ったりしているだけで、自然と心拍数が安定していくかのような、なんともいえない安らぎを感じられた。

マルはあいかわらず気分屋で、機嫌のいいときと悪いときの差が激しくはあったけれど、やっぱり私たちはいいパートナーであれた。十年の歳月など一足飛びにして、簡単にかつての関係を取り戻した。

次の長い休みで久しぶりに愛媛に帰ろうというのは、どちらからともなく出てきた自然なアイディアだった。

昔から大好物だった鶏《とり》のささみを食べながら、当然のように飛行機で行こうと主張するマルに、私は車を借りようと主張した。

「ええ、なんで？　わかってると思うけど、オレ免許なんて持ってないよ？」

「そんなのわかってるけど、マル飛行機苦手でしょう？」

「大丈夫。それくらい我慢する。だって、アンナ一人で運転することになるんだよ？　絶対に大変だよ」

そう言ってくるマルに、私は苦笑しながら首を振った。

「大変だろうとは思うけど、マルが見てきた街の景色を私も見たい。安い宿を探しながら、何日かけてもいいからさ。ゆっくり目指そう」

大学三年生の夏休み、サークルの先輩が「いくらだってぶつけていいぞ」と、古い四駆を貸してくれて、たくさんの荷物をトランクに詰め込み、私たちは東京を出発した。

もちろん、子どもの頃のマルには遠く及ばないけれど、私にとっては人生で一番と言っていいほどの大冒険だった。

横浜、静岡、長野、名古屋、京都、そして神戸……。マルの思い入れがあるという土地を、何日もかけてゆっくりと巡っていく。私も行ったことのある街が多かったが、自分の運転で向かったからか、となりにマルがいるからかはわからないけれど、それまでと見える景色はまったく違った。

私の気持ちは終始浮き立っていた。マルもはじめのうちは楽しそうだった。しかし車が本州を抜け、明石海峡大橋を渡って、淡路島を通過し、いよいよ四国に入ろうという頃から、マルはみるみると表情を曇らせていった。

「どうかしたの？」

私の質問にぴくりと身体《からだ》を震わせ、助手席のマルはゆっくりとこちらを向いた。

鈴のついたネックレスが耳に心地良い音を立てる。絶対に似合うはずだと奮発して、はじめて二人で過ごしたマルの誕生日に私がプレゼントしてあげたものだ。

「なんかいまさらだけど緊張してきた」

私はハンドルを握りながら苦笑する。

「なんで？」

「だって、やっぱりオレにとって松山って特別な街だから。そこに十年ぶりに帰るのは緊張するし、昔のオレを知ってる仲間たちと会うのもさ」

小学校時代の友人たちとの夕飯までだいぶ時間がありそうだったので、道後の商店街を散策することに決めた。

高速を降りたところで電話をかけると、母は『ちょうどお父さんと道後のカフェでお茶してるところよ。来れば？』などと言ってきた。

電話を切って、マルにどうするか問いかけた。もともと人見知りで、かつての仲間と会うことすら気重そうにしていたマルは、さらに表情を曇らせた。

「うーん、いや、もちろんいいんだけど、アンナのママとパパってオレのこと覚えてるのかな？」

緊張した面持ちに「ママ」や「パパ」という言葉が馴染んでいない。私は苦笑しながら肩をすくめる。

「そんなの、覚えてるに決まってるよ」

「そうかなぁ」

「当たり前じゃん。考えるまでもないことだよ」

マルが二度と自分のもとに戻らないのだとわかったとき、私がどれだけ打ちのめされたかをカレは知らないのだ。

母は辛抱強く励まそうとしてくれた。

「大丈夫。マルは強い子だから、どこでも元気でやってるわよ」

さすがの父も何日も泣き伏せる私におろおろした様子を見せ、こんなことを言っていた。

「アンナとマルが強い絆《きずな》で結ばれてるなら、いつか必ずまた会えるよ。そうだな、パパは絶対に再会できると思うけどな」

振り返れば、あの日の父はずいぶんと冴《さ》えていたものだ。

思わず顔を上げ、大粒の涙をこぼしながら「いつ⁉」と尋ねた私に、困惑しきった表情を浮かべながらこんなふうに口にした。

「ええ、そんなのわからないけど、じゃあ十年後？　アンナが二十歳になったくらい？」

私は再び枕《まくら》に顔を埋め、大声で父を罵倒《ばとう》した。

「そんな遅くじゃ意味ないよ！　パパのバカ！」

道後温泉の本館そばのパーキングに車を停め、後部座席からキャリーバッグを取り出した。真っ青な空に、一筋の飛行機雲が伸びている。平日だというのに、時計台の周りには一時間ごとに登場する坊っちゃん人形を待つ人がちらほらいる。

緊張の表情を浮かべるだけで、マルは口を開かない。その緊張が乗り移り、キャリーバッグの取っ手を握る私の手にも力が籠《こ》もる。すると、今度はそれに反応するように、マルのネックレスがりんという小さな音を立てた。

母に指定されたカフェの入り口には『ノースモーキング』と『ペット可』の案内が並べて表示されていた。

それを目で確認して、扉に手をかける。二人の姿をすぐに見つけた。

「ママ、パパ。久しぶりー」

私は安堵《あんど》の笑みを浮かべ、手を挙げた二人のもとに近づいた。マルが一緒のことは電話で伝えていなかった。それどころか、いつかビックリさせてやろうと、再会したことすらまだ話していない。

二人と向かい合わせに腰を下ろして、私はキャリーバッグを空いている椅子《いす》に置いた。あまりの緊張からうつむいてしまっているマルを、二人は不思議そうに見つめている。

「ごめんね。驚かせて。ねぇ、カレのこと、覚えてない？」

ぴんと張りつめたテーブルの空気をほぐすように、私から両親に問いかける。「覚えてないかって、お前……」と、口を開こうとした父を、母が目を真ん丸に見開きながら手で制した。

「ウソでしょう？　え、マル……くん？」

私はたまらず吹き出した。

「くんって何よ。うん。マルだよ」

「え、本当に？　ウソみたい。だって、マルってもっとぽちゃっとしてたはず——」

父の記憶もよみがえったようだ。目をパチクリさせたかと思うと、次の瞬間、あんぐりと大きな口を開いた。

「え、ウソだろう？　マルって、あのマルか？　アンナが小学生のときの？　え、あの突然いなくなっちゃった？」

ヘラヘラと笑ったり、相づちを打ったりするだけだったマルの切れ長の目に、ようやく覚悟の色が灯った。

しかし、マルがついに口を開こうとした瞬間だった。私はとなりのテーブルの女の子が不思議そうにこちらを見ていることに気がついた。

「うん？　どうかした？」

小学校四年生くらいだろうか。髪の毛がかすかに赤みがかっていて、そばかすが可愛《かわい》らしい女の子は、ハッとする仕草を見せた。

　そして、助けを求めるように向かいに座る彼女のお母さんらしき女性に顔を向けたが、母親が首を横に振るのを確認すると、再びうつむき、最後は勇気を振り絞るようにして口を開いた。

「お、お姉さん、アンナっていうの？」

「え……？　あ、名前？　うん、そうだよ。滝野杏奈」

「ふーん、そうなんだ」と、素っ気なく言うだけで、女の子はまた口をつぐんでしまう。みんなの視線を一身に受け、なかなか次の言葉を発せない。きっと引っ込み思案なのだろう。かつての自分を見ているようだ。

「あなた、年齢は？」

　話しやすい雰囲気を作ってあげたい一心で、私の方から質問する。女の子は自分の手をじっと見つめながら「九歳」と口を開く。

「そうなんだ。家はこのへん？」

「うん。道後だよ」

「へぇ、お姉ちゃんの家もだよ。わりとこの近く」

「ええ、そうなの？」と、ようやく表情を柔らかくさせて、女の子は思ってもみないことを口にした。

「あのね、私もアンナっていうんよ」

「うん？」

「名前。カタカナでアンナ。それでね――」

アンナと名乗った女の子は息を吹き返したように明るくなって、立ち上がった。

そして「よいしょっ」と声に出して、死角になっていたテーブルの下に置かれてあったペット用のキャリーバッグを持ち上げた。

それがドスンという激しい音を立てて彼女の座っていたイスに乗せられた瞬間、私は猛烈な既視感に襲われた。

バッグの中に、猫がいた。

ひどく不満そうな顔をしていて、三白眼気味の目はまるでこちらを疑っているようで、太い尻尾《しっぽ》を立てている。

額のハチワレ模様と対を成すように、口は「へ」の字に曲がっていて、それなのにでっぷりと太った姿が妙に愛らしい。

「うっわぁ、カワイイ。クールな猫だねぇ」

無意識のまま独りごちて、私はようやく気がついた。バッグの中の猫は、まるでかつてのマルなのだ。

そんなことを思った矢先、どういうわけか女の子の視線がマルを向いた。

「それで、お兄さんはマルっていう名前なの？」

両親も、アンナのお母さんも、もちろん私も、バッグの中の猫まで、全員の視線がいっせいにマルに向けられる。

マルは困惑しながらうなずいた。

「う、うん。もちろんあだ名だけどね。本名は丸山康太郎。オレは下の名前で呼ばれたかったんだけど、昔はまるまると太ってたから。大学生だよ」

マルが言うと、アンナは口に手を当てた。お母さんまで驚いたように目を見張っている。二人が何に衝撃を受けているのかさっぱりわからず、気が急《せ》くのを感じながら「マルの名前がどうかした？」と質問すると、アンナはバッグの猫に目を落とした。

「この子もマルっていうんだ」

「え？」

「マル。三歳のハチワレ猫。いつも人間にはブスッとしてて、可愛げがないって言われちゃうんだけど、私はマルのそういうところがクールだと思っていて、大好きなの。私たちは最高のパートナーなんだよ。いつもマルがそう言うの。みんな信じてくれないんだけど、マルの声が私にだけは聞こえていて――」

予防接種のための動物病院から帰ってきたところなのだという。そのせいで猫のマルはいつも以上に不機嫌であるというが、私にはわかる。目を釣り上げ、ふて腐れたような顔をし、話しかけてもぷいっとそっぽを向いてしまうけれど、この子はかわいい。仏頂面に似つかわしくないふくよかなお腹の、なんと愛《いと》おしいことだろう。

私の恋人のマルと、猫のマルには、それ以外にもたくさんの共通点があった。何より驚いたのは、猫の方のマルも愛媛を一人旅したという話だった。

「たしかにこの子とマルは二人だけの世界があるみたいで、意思が通じ合っているようなんですけどね。さすがに旅の話だけは私たちも信じてやれなくて」

アンナのお母さんがバツが悪そうに口にする。旅の話が事実かどうかは定かではないが、とりあえずお母さんの言葉はしっかりと届いているらしく、バッグの中でマルは「シャー!」と毛を逆立てた。

みんながいっせいに笑い声を上げる。マルが「なんかそれってすごくない? オレも小学校の頃に一人旅したんだぞ」と、猫のマルに語りかけると、父が「あのときは大変な騒ぎになったんだよなぁ。新聞記者がわざわざアンナのところにまでコメントを取りにきたりしてなぁ」と、のんきに言った。

「あー、ありましたねぇ、そんなこと。えーっ! あのときの男の子なんですか?」

そんな驚きの声を上げた愛媛出身なのであろうアンナのお母さんに許可をもらって、アンナと猫のマルを外に連れ出した。

三人と、一匹。二組のマルとアンナでなんとなくカラクリ時計台を目指し、日陰に腰かけたところで、恋人のマルがアンナに「ちょっとマル借りていい？　男同士の話があってさ」と、キャリーバッグを持っていった。

そんなマルたちの姿を見つめながら、アンナがポツリと尋ねてきた。

「お姉ちゃんたちって結婚してるの？」

「ううん。二人ともまだ大学生だからね。だけど、ずっと一緒にいられたらいいなって思ってるよ」

「いいなぁ。私もマルとずっと一緒にいたいんだ」

体育座りした膝《ひざ》にあごを乗せ、どこかさびしげに言うアンナの頭を撫《な》でてあげながら、彼女の視線の先を追いかけた。

二人は陽だまりの下にいた。猫のマルの仲間なのだろうか。りりしい顔をした猫や、いじわるそうな顔をした猫、おだやかそうなおばあちゃん猫などが、一匹、また一匹と、どこからともなく現れる。

「へぇ、すごいじゃん！　マル、お前って意外と人気者なんだな」というマルの声に続いて、ニャー！　という猫のマルの鳴き声が聞こえてきた。

マルと、マルと、道後の猫の仲間たち。

「大丈夫だよ。ずっと一緒にいられる。たとえ離ればなれになったとしても、絆が強かったら絶対にまた会えるから」

アンナの顔に、じんわりと笑みがにじんでいく。

太陽が西にかたむき、道後の街を赤く染めている。

その陽だまりの中で気持ち良さそうに伸びをする彼らの姿を、私も大きく伸びをしながら見つめていた。

結城光流

夕映えに響く遠《とお》吠《ぼ》え

結城光流　Yuki Mitsuru
2000（平成12）年『篁破幻草子 あだし野に眠るもの』でデビュー。'02年『少年陰陽師 異邦の影を探しだせ』より「少年陰陽師」シリーズが累計600万部突破。他に「吉祥寺よろず怪事請負処」シリーズなど著書多数。

遠吠えが、した。

「――――……」

ふっと目が覚めると、庭木の影が細長くのびていた。
夕映《ゆうば》えの空は橙色《だいだい》に燃えあがり、黒い鳥が数羽、寝床に向かっているのか、翼をはばたかせているのが見えた。

「……なにか、聞こえた…」

半分ぼんやりとしながら首を傾《かし》げて、少し考える。
しばらくそうしていると、遥《はる》か遠くからかすかな遠吠えが聞こえた。
目をしばたたかせて視線を動かす。夕映えの橙色とは反対側の、少しずつ紫色に変わりつつあるほうへ。

ここに来てからしばらく経《た》つけれども、犬の遠吠えを聞いたのは初めてだ。

「……犬が、いるんだ」

呟《つぶや》く声がどこか遠く、ぼんやりしすぎだなぁと考える頭にも、白い霞《かすみ》のようなものがかかっている。いま立ち上がったら、寝ぼけてふらつくか、バランスを崩して足をくじきそうだ。

「そうだよ」

奥のほうから応じる声がした。

「夕方になるとね、この辺りまでくるんだよ。だから、出てはだめだよ、ミホ」

「わかった」

寝ころんでいた縁側で、ミホはゆっくりと起きあがる。

柱にもたれて何かを考えるともなく考えていたはずなのに、いつの間に眠ってしまったのだろう。

ミホはそっと息を吐き出した。いつからか、深くものを考えようとすると眠くなって、考える前に瞼《まぶた》が落ちるようになった。

再び遠吠えが聞こえて、ミホは立てた膝《ひざ》に顎《あご》をのせた。

「どうしたの」

問われて、ミホは目を閉じたまま口を開く。

「犬が、吠えてるなぁ…、て」

「ああ。野良犬《のら》。気をつけて。出たらだめだよ、ここから出たらだめ」

「うん」

小さな子どもに言い含めるように、出てはだめだと何度も念を押す声に、そこまで心配しなくていいのに過保護だなぁ、と少しだけ呆《あき》れてしまう。

ちょっと考えているとすぐに気づいて、こうやって様子を窺《うかが》ってくる。

気にかけてくれることは嬉《うれ》しい。心配をかけて申し訳ない気持ちにもなる。

けれども、鬱陶《うっとう》しいとまではいかないものの、たまにはほっといてくれたらいいのにと、罰《ばち》当たりなことも思ってしまう。

気づかれないようにそっと息をつく。自分は本当にだめだ。このままではいけないのに、なにをやっているんだろう。

遠吠えが聞こえる。

「いいからね」

唐突にそう言われて、どきりとした。胸の内を見透かされているような気がして、言葉が一瞬出てこない。

「……………、なにが？」

「ずっと、ここにいて。……遠吠えなんて、聞かなくていいから」

ミホは、ちょっと笑った。聞かなくていいと言われても、聞こえてくるものは仕方がない。耳をふさぐか何かしたら聞こえなくなるけれども、そこまでするのもおかしな話だ。

「そうだね」

ここにいればいい。ここにいていい。帰らなくていい。

その言葉が鮮明に記憶に残っている。それ以外は、実はよく思い出せない。

ずっと、妙に覚束《おぼつか》ない気持ちで足元が常にふわふわとしていて、何もかもが頼りなかったから。

優しい声に、なんだかものすごくほっとした。

そうしてなぜか心に浮かんだのは、もう死んでしまった飼い犬のことだった。

遠吠えが聞こえる。少し近いところに移動している気がする。どの辺りにいるんだろう。

「…………」

脳裏に浮かぶ犬は、ミホに背を向けて座っている。

あれは賢くて、鳴かない、吠えない犬だった。

少なくともミホは、あの犬が鳴いた声を一度も聞いたことがない。

よその家で仔犬《こいぬ》がひゃんひゃんと声を上げたり、わんわんと元気よく吠えたりするのを見て、犬ってこんなに鳴くんだとびっくりしたくらいだ。

鳴かない代わりにあの犬は、鼻を寄せてきてふんふんと匂《にお》いを嗅《か》ぎ、じっと見つめてきたり、ぺろぺろ舐《な》めてきたりした。

お前の思っていることなど全部お見通しだよと言わんばかりの深い色の目でじっと見つめられると、心の奥に隠しておきたいことも、胸の中から消してしまいたいことも、全部あふれ出して止まらなくなった。

誰にも言えないことを、あの犬にだけは打ち明けられた。

犬は鳴かない。何も言わない。だから、誰にも聞かれることはない。誰にも知られることはない。

鳴く代わりに吠える代わりに、犬は鼻を寄せてふんふんと鳴らし、ミホの頬や鼻先をぺろっと舐めた。

それが犬なりの、いたわり、優しさ、励ましだったと信じている。

そうやって記憶を手繰っているうちに、ひとつ思い当たった。

あの子がいなくなってから、やたら眠くてどうにもならなくなったような気がする。

足元がふわふわして何もかもが不安定で、理由のわからない心細さにつきまとわれて。

もしかするとこれがペットロスというやつなのかもしれない。

心にぽっかり大きな穴があいてろくに眠れないという話を聞いたことがある。

なら反対に、ひたすら眠くなることもきっとあるのだろう。ミホのように。

犬はずっとミホの部屋で寝起きしていた。犬がいるから、ミホはずっとフローリングの床にマットレスと布団《ふとん》を敷いて寝ていた。

床に布団では冷えるからベッドにしたらと家族に勧められたこともあるが、犬が落ちたら大変だからいまのままでいいと断った。

落ちるのは犬じゃなくて寝相の悪いお前だろうと笑ったのは、誰だったか。

もしかしたら、犬がいなくなったから、ぐっすり寝ているつもりでもひどく浅い眠りになっているのかもしれない。目を閉じるとすぐに響き出す、すうすうという犬の寝息が聞こえなくなって、静かすぎるのかもしれない。

変な夢を見て夜中に目を覚ましても、月明かりの中で丸くなっている白い犬はもういない。

ミホが目覚めた気配に気づいて瞼をあげた犬が頭をもたげ、大丈夫だと言いたげにふんふんと鼻を鳴らすことはない。

世界が終わったような哀《かな》しみは時間が過ぎるとともに小さくしぼんで、泣くことはなくなったけれども。

心の一番柔らかいところに大きくぽっかりあいた黒い穴は埋まらず、そこからいつも冷たい風が吹いている。

遠吠えに耳を傾けているうちに、またうつらうつらとしてきた。

半分眠ったようになっているのに、なぜか遠吠えだけははっきりと聞こえる。

あれはどんな犬なんだろうと、無性に気になった。

いまここにあの鳴かない犬がいたら。些細《ささい》なことも、くだらないことも、意味もないと思えるようなことすらも、全部聞いてもらえるのに。

自分なんかがどうして生きているんだろう。こんなにだめなのに。生きている価値もないのに。生きている意味もないのに。夢とか希望、そんなものどこにもない。なのにどうして。

昔からずっと、その想《おも》いがミホの中に湧《わ》き出《い》でて渦巻き、少しずつ大きく重くなっている。

そのとき。まるでミホの胸の内を覗《のぞ》いていたかのように、真上から声が降ってきた。

「……どうして、ここにくることに、なったの?」

ミホは閉じた瞼を震わせる。自分なんか、もう生きていても仕方がないと、思ったから。

けれども。

「……わからない」

本当のことが言えなくてはぐらかす。

しばらく降った沈黙は、かすかなため息の音もミホの耳に届ける。

胸がきしんだ。

ちゃんと答えられたらよかったのに。こんなに心配してもらっているのに。こんなに大事にされているのに。応じられないことがもどかしい。ああ、自分はなんて罰当たりなんだろう。

こんなにだめで。こんなに。こんなに。

ああ、自分なんか、自分なんかが。

「……危ないから、ここを出たらいけないよ」

遠吠えは、少しずつ小さくなっていく。犬が遠ざかっているのだろう。

「うん……」

頭がぼんやりしてくる。ああ、眠いな。

どんな犬なんだろう。あれは。

「…………――」

膝に顎を乗せたまま、ミホは深い眠りに落ちていた。

◆

眠くて仕方がない。どんなに眠っても眠っても、気づくと瞼が落ちている。疲れているからかもしれない。どうして疲れているのか理由は思い出せないが。ならどれだけ眠ればいいんだろう。

何日も何日も、ミホは暇さえあればごろんと横になっていた。起きているのか寝ているのか自分でもわからないくらいだ。

起きていても常に思考は散漫で、断片的な記憶しかない。

ひとつだけはっきり覚えているのは、夕方に遠吠えが聞こえるということ。日によって近かったり遠かったり。

聞こえるたびに、危ないから出てはいけないとしつこいくらいに繰り返されるので、心に強く残っているのだろう。

縁側で目を覚まして、飴《あめ》色の天井をぼんやりと見上げる。

ふと、考えた。

ここにきてかなり経っているはずだ。自分はいつまでこうしているのか。

このままではだめだと思うのに、このままでいいよと心のどこかでささやく声がある。

だって、何をやってもうまくいかない。良かれと思ってしたことが全部裏目に出る。

自分なんかいなくても誰も困らない。

きっとみんなミホを疎《うと》ましいと思っている。みんな優しいから、口に出すことはないけれど。

だから、ずっとここにいていいという言葉に甘えている。

何も考えずに眠っていられたら、それでいい。だって疲れてしまった。忘れたいことがあって、見たくないものもあって。ここにいる限りそういうものから離れられる。

頬を涼やかな風が撫《な》でた。縁側と部屋を仕切る障子は開いている。風が通っているということは、奥のどこかの窓が開いているのだろう。陽が暮れる前に閉めないと、夜気が入って湿《しと》る。

イグサの匂いがする。ミホはこの畳の匂いが好きだ。障子の白さも、古い家ならではの薄緑色の砂壁も、素朴で風情《ふぜい》があって、不思議なくらい落ち着く。

「ずっとここにいればいい……」

呟いて、目を閉じる。

いつも寝ころがっている縁側は、傾きかけた陽射《ひざ》しを軒《のき》がさえぎってくれて、優しく通り抜ける風が気持ちいい。

ここは庭木が多くて、ちょっと背の高い生け垣もある。さらにその向こうは板塀で、敷地をぐるっと囲っているから、外から覗かれる心配もないし、入り込まれることもない。入口の門も堅牢《けんろう》。だから縁側でひとりうつらうつらしていても安心。

の、はずだった。

突然、湿った生あたたかいものが頬を触った。

「っ!?」

ぎょっと目を剝《む》いて首だけ動かすと、巻いた尻尾《しっぽ》をぶんぶん振る赤毛の犬がいた。

日本犬ぽい犬だ。雑種なのか純血種なのか、何犬なのかもわからない。とにかく日本犬。

尻尾が細くて顔つきが何となく幼い感じがするから、おそらく成長途中の犬。

三角の耳が立って、開いた口に薄桃色の舌が覗く。銀杏《ぎんなん》の形をした目は透きとおった黒だ。額に白い毛が生えている。なんだかちょっと三日月っぽい形の。

肘《ひじ》を支えに起き上がり、ミホは唖然《あぜん》と呟いた。

「……おまえ…どこから入った…?」

敷地は板塀に囲われているのだ。いまこの家にいるのはミホだけで、門が開いた音は、たぶんしなかった。

犬は尻尾を振ったままミホをじっと見つめていたかと思うと、縁側に前脚をひょいと乗せて右の袖《そで》を器用にくわえた。

「あ、え、なに」

ぐいぐいと袖を引っ張られて、ミホはうろたえた。犬の力は存外強くて、縁側から引きずり降ろされそうだった。

「待って、ちょっと、危ない、危ないって」

必死で抵抗していると、犬は窺うような顔をして、袖を放して縁側から降りる。

少しのびた袖口をさすりながらミホが見ていると、赤毛の巻き尾をぶんと振った犬はくるりと踵《きびす》を返し、ちらりと視線をくれてきた。

来い、と言われている気がした。来てよ、でもなく、おいでよ、でもなく。

間違いなく、来い、だった。

なぜだかわからないがミホはそう確信して、眉根を寄せる。

「なんなの、えらそうだな、犬」

犬はふんと言わんばかりに胸を反らし、もう一度ぶんと尻尾を振る。

困惑したミホがじっとしていると、またもやぶん、ぶん、ぶん。

勢いよく揺れる尻尾が、ミホを急《せ》かしているような気がした。

「……なに？」

そろりと膝行《いざ》って縁側の端に移動すると、犬はミホの許《もと》に引き返して再び袖口をくわえた。

ぐいぐいと、先ほどより強い力で引っ張られてバランスを崩しかける。

「わっ。わかったから、ちょっと、待てってば」

観念したミホが沓脱石《くつぬぎいし》に足を降ろすと、犬はぱっと口を開いて袖を放し、くるっと向きを変えて門のほうに歩き出した。数メートル進んで止まり、首をめぐらせてミホを見る。

ミホがまだ沓脱石から動いていないのを見て、少し牙《きば》を剥いてわんと吠えた。

ふっと目を細めて、ミホは口を動かした。

「………なんだ」

違うか、と胸の中で呟く。

もしかしたらこの赤毛の犬が、あの遠吠えの主かと思っていたのだが。どうやら違う。

なんとなくだけれども、声の質というか、太さというかが違う。

あの遠吠えは、こんなに軽い声ではなかった。もっと重くて、もっと歳《とし》を重ねているような。

もし、死んでしまったあの犬が鳴いたら、こんな声なんじゃないかなと、思わせるような。

あの犬が鳴く声も、吠える声も、一度も聞いたことはなかったけれど。

赤犬が尻尾を振る。ぶんぶん揺れる尻尾は、早く来い、早く来い、と、明らかにミホを呼んでいる。時々小さくわんと鳴いてはミホを見つめて、少し苛立《いらだ》っているように前脚を浮かす。

「わかったよ。……靴、ないんだけど」

靴もサンダルも玄関だ。取りに行きたかったが、そんな悠長なことをしていたら犬に怒られそうで、仕方なくはだしで庭に降りた。

「てか、なんでお前に怒られなきゃいけないの」

なんで、お前はついて来いというの。

いきなり現れたどこの犬とも知れない犬に急かされて、どうして自分はそのあとについていこうとしているのだろう。

犬は小走りに門を目指して、ミホもつられて足を速める。

土がふかふか柔らかくて草が生えているおかげで、はだしの足の裏が痛むことはなかったが、洗わないと家にあがれないなと思った。

「…そっか」

犬のあとを追いながら呟く。

「洗わなければ、いいんだ」

前を行く犬の耳がぴくっと動く。

ミホははっと口元を手で押さえた。なんでそんな言葉が出てきたのかがわからない。

「…汚れたままなら、入れないから……」

そうしてこのまま家を出てもいい。この家に戻らなくてもいい。

気づけば太陽は完全に落ちていて、夕映えの名残《なごり》も去っていこうとしていた。

「え…もう、夕方？」

ついさっき、目が覚めたときにはまだ、陽が射していたのに。

傾いた陽が眩《まぶ》しく――――。

「…………待って」

ミホの足が止まる。門まであと三メートルくらいのところ。

考えてみると、ずっと家の中にいたからここまでくることがなかった。

高くて大きな門。立派な瓦《かわら》屋根が載った棟門《むねもん》というやつだ。木製の門扉《もんぴ》は黒灰色で、
長い間風雨にさらされていたことがそこに見て取れる。

その門は、犬が一匹通れる程度開いていた。

門扉の隙間《すきま》から見えている外側には何もない。夜になりかけだから、暗くて何も見えないだけかもしれない。

この門を、ミホは内側から初めて見た。

「……え？」

自分の思考に違和感を覚えて、無意識に視線を彷徨《さまよ》わせる。

なんだろう。なにかがおかしい。

自分はこの門を見たことがあって、この門が開いているところも見たことがある。

門の外側から、何度も、何度も。

なのに、門をくぐった記憶がない。

くぐっていないなら、自分はどうやってこの家に入ったのか。もしかしたら眠っている間に運ばれたのか。でもそうであるなら、その前後のことを覚えていないのはやはり変だ。

ミホはふいにぞっとした。ここに来たときの記憶がまるでないことに気づいたからだ。いつの間にかここにいて、目を覚ました。そのままずっとここにいる。

不審さを感じることもなく。――否《いな》。

考えようとすると――何か気づきかけると、思考を強引に止められるように強い眠気に襲われて意識が断ち切られた。

次に目を覚ましたときには、気づきかけていたことは霧散しており、何も残らない。

その繰り返し。

強張《こわば》った首を無理やり動かして、門からつづく敷石の先に目をやる。

古い大きな平屋だ。だが。

「え……」

それきりミホは言葉を失った。

元は白かっただろう漆喰《しっくい》の壁は灰色に変色し、あちこち亀裂《きれつ》が走っている。よく見ると屋根瓦も欠けたりひびが入っていたり。目を落とせば、剝《は》がれ落ちたとおぼしい割れた瓦が軒下に幾つも転がっていた。

心臓がばくばくと音を立てだした。なんだろう。これ。おかしい。

ざわざわとしたものが背筋を這《は》い降りていく。何が起きているのかわからない。

ミホは言い表せない衝動に駆られて元いたところに引き返した。

赤犬が吠える。ミホの背に向かって激しく吠えている。それを聞きながら、ミホは追い立てられるように縁側に急いだ。

「……っ」

目を瞠《みは》って立ち止まり、そのまま動けなくなった。

生い茂った庭木に囲まれた居心地のいい縁側は、一変していた。

枯れた木々が倒れている。茶色くなった草は乾いて、風に揺れるたびかさかさと物悲しい音を立てている。朽ちかけた柱はいまにも折れそうで、長い年月を経て飴色に変わっていたはずの縁側の床板は、砂と埃《ほこり》で薄汚れた灰色に。ところどころ剝がれて、無残な有様だった。

縁側と部屋を仕切る障子も同様だ。切り裂かれたように分断されたもの、腰板が割れて歪《ゆが》んでいるもの。かろうじて原形を留めているものも数枚あるが、どれもみな組子《くみこ》があちこち折れて、僅《わず》かに貼《は》りついた障子紙が黄土色に変色している。

清々《すがすが》しいイグサの香りがする畳は一枚もなく、剝き出しになった荒床はあちこち抜けて穴があいていた。薄緑色の砂壁は崩れて、茶色い竹の小舞《こまい》があらわになっている。

瞬《まばた》くこともできずにそれを凝視しているミホの服の裾《すそ》を、駆け寄ってきた赤犬がくわえてぐいぐいと引く。バランスを崩したミホは膝をついて、引きずられるまま体を動かす。

耳の奥でどくどくと音がしている。心臓が早鐘を打つ。息が上がって浅くなる。

なに。どういうこと。だって自分はずっとここにいた。ついさっき目が覚めて、あの飴色の縁側でうとうとしていて。

イグサの匂いも、庭木を撫でた風の涼しさも、どっしりとした柱や縁側のなめらかな肌触りもちゃんと覚えている。

それにここには……がいて――――。

ひときわ大きく鼓動がはねた。

ここに、だれが、――――なにが、いるの。

犬に引きずられて門前に戻ってきたミホは、ふらりと立ち上がった。

やにわに犬がミホの後ろに回り込む。引かれるように視線をやると、あんなにぶんぶん振られていた巻き尾がぴたりと止まっていて、低い唸《うな》りが耳に突き刺さった。

犬が見ているのは、薄汚れてぼろぼろになった四枚立ての引き戸玄関。桟の歪んだ引き戸がゆっくりと開いていく。玄関の中は夜のように真っ暗で、何も見えない。

険しい顔で唸る犬の体が少し沈む。

鋭く唸って牙を剝いた犬のこれは獲物《えもの》に飛びかかる寸前の姿勢だと、昔祖父が教えてくれた。

犬の唸りがふつりとやむ。引き戸の奥から声がした。

「――――ミホ」

ミホはひゅっと息を呑《の》んだ。こんな声、知らない。

「ここから、出たら、いけないと、言ったよ、ね？」

否、知っている。聞き覚えはある。この家で、ずっとこの声に話しかけられて、会話をしていた。ずっと静かに寄り添ってくれて、ここにいていいと繰り返して――。

「……ここ…どこ…？」

うちだと、思っていた。知っているうち。懐《なつ》かしいうち。ミホの家族がいる家ではない。そこから遠く離れた田舎の、祖父母や遠い親類のうちだ、と。

だが、気づいてしまった。

会話をしていた、だけだ。ミホは、この声の主を一度も見ていない。

思い出した。ミホの家は郊外の住宅地にある一軒家。ハウスメーカーの建売住宅だ。

祖父母は、父方は隣県のマンション、母方は新幹線で三時間以上かかる距離のところで、築四十年の一戸建てに住んでいる。親類にもこんな平屋の古い家に住んでいる人はひとりもいない。

引き戸が徐々に開いていく。しかし、中にいるものは、見えない。なのに声が。

「ここは、ミホのいるべきところ。ここは、ミホがいなければいけないところ。ここに、ずっとミホを呼んでいた。ミホをやっと連れてこられて、――嬉しかったよ」

真っ暗な家の中から響く声は、本当に嬉しそうに告げてから、突如として語気を一変させた。

「なのにあいつが…あれが、いつもいつも邪魔をして。あと少しで門をくぐれるところで、うるさく吠えて。やっといなくなったと思ったら……！」

ぎゃん、と赤犬が吠えた。ぎゃんぎゃんと、家の中にいる何かを威嚇《いかく》する。

けれども、軽い、とミホは思った。犬はまだ成犬になっていなくて、いくら吠えても響きが軽い。これでは追い払えない。退けられない。

なぜそう思うのかわからないのに、そうなのだと、どういうわけかミホは知っている。

もっと鋭くて、大きくて、重い、声でないと。

そう、ここにきてから毎日のように聞いていた、あの夕映えに響く遠吠えのような。

赤犬がひっきりなしに吠える。

「ミホ。出たらだめ。お前はだめ。だめ。だめ。だめ。ここにいなさい。ここにずっと。お前はだめ。生きていてはだめ。ここから出たらいけない」

ぎゃんぎゃんと威嚇していた犬が、怯《ひる》んだように一歩下がった。ぴんと立っていた尻尾が徐々に下がっていく。

「だめ。だめな子。ほかに見つけられたらだめ。だめ。さっさとここに連れてきて、ここに閉じ込めておきたかったのに。あれがいたからだめだった。だめな子。ミホ。だめだと言っているのに、どうして聞かないの、本当にだめな子」

赤犬の威勢がどんどん削《そ》がれて、きゅうきゅうと弱々しい声になる。やがて尻尾の下がり切った犬は、しゅうっと縮んで折れ耳の仔犬になってしまった。

赤い仔犬がひゃんひゃんと吠える。目に涙をためてひんひんと泣く。怖くて仕方がないから小さくなってしまったのに、怖くてたまらないはずなのにまだ顔をあげて、引き戸の奥から目を逸らさずに吠えている。

ミホは仔犬を抱き上げた。震えている。仔犬が震えているのか、ミホ自身が震えているのか。

たぶん両方なのだ。

震えながら、それでもそれから目を逸らさずに、ミホは足を僅かに引いた。

開いている門までは大体一メートルと少し。玄関まではおよそ六メートル。

少しずつ下がって、玄関から遠ざかって、隙を見つけて門から外に出てやる。

出てはいけないと繰り返された。なら、出たほうがいいのだ。きっと。

それの声音が低く、険しく、よどむ。

「ミホ」

繰り返される声にこたえてはいけない。

「ミホ。だめな子。返事もできない。何もできない。生きている意味もない。生きている価値もない。生きる夢も希望もない。時間をかけてそういう子にしたのに」

ミホは目を見開く。

生きている意味もない、価値もない。生きる夢も希望もない。そう思って。

心の奥底から湧いてくるそれに、自分なんか生きていても仕方がないのだと、ずっと
――。

なのにそれは、ミホの中から生まれたものではなかったというのか。

「…っ」

喉《のど》からほとばしりそうになった叫びを懸命に呑み込んで、片手で仔犬を抱えて後ろ手に門の位置を探る。

「だめな子。本当にだめな子。選んでやったのに。育ててやったのに。大事にしてやったのに。だめだから。だめだから。だめだって言ってるだろう、本当に何もできないだめな子」

繰り返される言葉に足を搦《から》め取られて、そこに縫いつけられた気がした。

膝から下の感覚がない。あと一歩で門を出られるのに、その一歩分が動かない。

仔犬がひゃんと鳴いて項垂《うなだ》れる。ミホもそこにしゃがみ込む。

「お前なんか、食われる価値しかない。大事に大事にここまで生かしてやったんだ。だめな子はだめな子らしく、おとなしく食われるんだよ」

引き戸が屋内から押されたようにたわんで吹っ飛ぶ。

真っ暗闇《くらやみ》の中から飛び出してきたモノを直視できず、ミホは赤い仔犬の背に顔を押しつけた。

おぞましい気配と生臭い息。

目をぎゅっと閉じて身を固くしたミホの耳に、その刹那《せつな》凄《すさ》まじい咆哮《ほうこう》が突き刺さった。

赤犬のそれとは何もかもが違う。鋭くて、大きくて、重い。

咆哮とともに発された気迫に背を叩《たた》かれて、はっと顔をあげたミホは、得体のしれないモノが勢いよく押し返される様を見た。

ミホの手の中の仔犬が身をよじり、きゃんきゃんと吠え出す。

後ろを振り返ったミホは、門の向こうに白い影を認める。

信じられないという思いとともに、唇からかすれた呟きがこぼれ出た。

「…うそだぁ…」

咆哮が轟《とどろ》く。ミホの足を縫い留めていたものが消えて、体がふっと軽くなる。低い姿勢でやや開いた太い前脚。三角の耳。銀杏型の黒い目。くるんと巻いたふさふさの尻尾は上がっている。

白い犬が吠えている。牙を剝いて、目を怒らせて、全身の毛を逆立てて。決して鳴かなかった、吠えなかったあの犬が。もういなくなってしまったはずのあの犬が。

あふれた涙で視界がにじむ。

「…………っ…、鉄《テツ》…っ！」

まろぶように門を抜けようとした背にのびてきたモノに、身をよじってミホの手から抜け出た赤犬が牙を剝いて飛びかかった。

赤犬はそれに食らいついて押し返し、激しく振り回して放り捨てると飛び退《すさ》って門を抜ける。

それを待っていたかのように、門が勢いよく閉まった。

閉じた門の向こうで何かが怒号する。

「畜生畜生畜生畜生！　おまえ、いなくなったんじゃなかったのか畜生め！」

それをかき消すほどの激しい咆哮が轟くと、門の向こうは沈黙した。

しばらく警戒をゆるめなかった犬は、もう大丈夫だと判断したのか、ふうと息を吐き出してミホを見上げた。

立ちすくんでいるミホに近づいて、ふんふんと鼻を鳴らす。

ミホはかくんと座り込んだ。

白犬は、涙でぐしゃぐしゃになったミホの顔をぺろっと舐める。

「……鉄…鉄…っ」

鳴かない犬だった。吠えない犬だった。

けれどもなぜかミホは、一度も聞いたことがないはずの鉄の声を知っていた。

知っていたことを、思い出した。

鉄が鳴くのは、吠えるのは、ミホが見る怖い夢の中。

ミホが何か恐ろしいものにまといつかれて動けなくなっているとき。どこかの門の奥に連れ込まれそうになっているとき。

いつもいつも、怯《おび》えて縮こまっているミホの許に駆けつけて、激しく吠えて怖いものを追い払ってくれていた。

だからミホは、どんなに怖い夢を見ても、安心して眠ることができていた。

「鉄、もうどこにもいったらやだよ。一緒に帰ろうよ」

しゃくりあげながら訴えるミホに、鉄は困ったような顔をする。

そして、なぐさめるように、なだめるように、励ますように。

ミホの頬をぺろっとなめると、静かにひと声、うぉん、と鳴いた。

それが、ミホが聞いた最初で最後の、鉄の穏やかな声だった。

◇

ゆっくり瞼を上げると、両親と兄の顔が見えた。

「実帆《ミホ》…良かった…!」

母は泣き崩れ、父は涙をこらえながら黙って何度も頷《うなず》いていた。

兄は、目ェ覚めんのおせぇよと、涙声で唸った。


ふた月前、実帆は足を踏み外して家の階段から落ちたのだ。

頭を強く打って意識を失った実帆は、救急車で搬送されて入院し、精密検査を受けた。

幸《さいわ》い骨折はなく、脳波も脈も正常。背中と肩に打撲、顔と腕に軽い擦過傷。

命に別状はないという診断で、目が覚めてからもう一度検査を受け、異常がなければすぐ退院できる、はずだった。

しかし、実帆の意識は戻らなかった。

何度検査をしても異常は見つからない。にもかかわらず、目を覚ます気配がない。

原因は不明。

もしかしたらこのまま二度と目覚めないかもしれないと医師から告げられたときは、両親はショックのあまり放心し、兄は逆上して、大変だったらしい。

そんな話を聞かされたのは、目が覚めてから三日後だ。

筋力が落ちて歩くのもひと苦労な状態から、どうにか日常生活に戻れそうなところまで体力が回復したのはそれから三週間後。

そして退院の日。

世話になった医師や看護師に礼を伝え、迎えに来てくれた母の運転する車に乗り、実帆はふうと息をついた。

「帰ったら少し休みなさいね。客間に布団出しておいたから」

「え、いいよ。自分の部屋で寝るよ」

「だめよ。まだふらつくんだから。また階段から落ちたらどうするの」

険しい目になる母に、実帆は苦い思いで黙り込む。

本当は、足を踏み外したのではない。足を摑《つか》まれて引きずり落とされたのだ。

でも、それを話したところできっと信じてはもらえない。だから黙る。

「……わかった」

渋々応じると、母はほっとしたように笑う。

「体力が戻るまでは客間で寝起きしなさいね」

「うん」

「おじいちゃんたちに電話するのよ。すごく心配してたから」

これは父方の祖父母のことだ。聞けば、病み上がりの実帆に気を遣わせたらいけないからと、会いたい気持ちをぐっとこらえて見舞いを控えていたそうだ。

頷くと、母はひとつ瞬きをした。

「そういえばね。荒妙《あらたえ》のおじいちゃんに言われて思い出したんだけど」

荒妙は母の旧姓だ。実帆の家から新幹線で三時間以上かかる距離に住んでいる祖父母も健在。

そういえばあの家では、犬を絶やしたことがない。

「あんた、小さい頃にも寝ぼけてふらふらしてたのよね」

「え……？」

実帆は首をひねる。覚えがない。

そう口にすると母は、そりゃそうよ、と目を細める。

「だって実帆が四歳…十二年くらい前だもの。それで、心配したおじいちゃんが鉄を連れてきたのよ」

様子がおかしい実帆を案じた祖父が、どこからかもらってきた白い犬をきっちり仕込んで、連れてきたのだという。

「お父さんは、犬は遠吠《とおぼ》えするから近所迷惑になるんじゃないかって心配してたっけ。でもおじいちゃんが、必要なときにしか吠えないように仕込んだから平気だって言って」

そしてその言葉通り、祖父が連れてきた鉄は、本当に鳴きもせず吠えもしない犬だった。

「本当かどうかは知らないけど、白い犬は神様のお使いなんだって。あと、鉄って名前もおじいちゃんがつけたのよ。なんだったかしら、鉄は魔除《まよ》けだから、とか言ってたかなぁ」

まよけ、と実帆は口の中で呟く。

あれは、魔と呼ばれるような、そういうものだったのだろうか。

「時々、何かのはずみで良くないものが来たり、良くない事があるんですって。そういうことに深い意味はなくて。たまたま目が合ったとか、その場に居合わせたとか、単純なことが理由で、本人が悪いことはひとつもないんだって。ええと、めぐりあわせ？ほら、おじいちゃん、宮大工でしょう。昔気質《むかしかたぎ》だから、そういうことをすごく大事にするのよね」

母は苦笑気味だが、実帆はとても笑えない。

実帆の身に起こったことを、祖父なら笑わずに聞いてくれるだろうか。

体力が戻ったら会いに行きたいと思った。

「それでね、実帆。実帆は、ちょっと…戸惑うっていうか、びっくりするかも、しれないんだけど……」

「なに？」

奥歯にものが挟まったような母の言い回しに、実帆は胡乱気《うろんげ》に首を傾ける。

「荒妙のおじいちゃんがね、いま、来てるんだけど」

「えっ、ほんと？」

「うん、それで、その……鉄が…いなくなってから、まだそんなに経ってないし。どうかなと思ったんだけど……」

その先の言葉を母が探しているうちに、家に着いた。

ガレージに車を入れた母は、実帆に言った。

「おじいちゃん庭にいるから、行きなさい」

「？　わかった」

ふらつかないように慎重に車を降りて庭に向かうと、リビングの掃きだし窓の前に据えた濡《ぬ》れ縁に、祖父が腰を下ろしていた。

実帆に気づいた祖父が笑って口を開く。

「お帰り。……帰って来られて、良かったな」

すべて察しているような祖父の言葉に、実帆はぐっと唇を噛《か》む。

きっと何もかもわかっていて鉄を連れてきてくれた人は、ついと視線をめぐらせた。

「あれな、ちゃんと仕込んである。まだ小さいからちょっと頼りないけどな」

実帆は、ふっと息を詰めた。

犬がいた。

「ちょうどいい白毛がいなくて、どうしたもんかと思っていたら、こいつと目が合った」

三角の耳、銀杏型の黒い目、くるんと巻いた尻尾は細い。

ボールを追いかけて遊んでいた犬が立ち止まり、顔を上げて実帆を見た。

「…………」

目が熱くなって涙がにじむ。この犬を、実帆はもう知っている。

「小鉄《こてつ》だ」

祖父が名を告げる。

すると、呼ばれたと思ったのか。

額に白い三日月の模様がある赤毛の犬は、まだ軽い声で、うぉん、と鳴いた。

三川みり

やばいコンビニの山本君と、猫の恩返し

三川みり　Mikawa Miri
『シュガーアップル・フェアリーテイル 銀砂糖師と黒の妖精』でデビュー。同シリーズが人気を博し、2023（令和５）年にアニメ化された。他に「一華後宮料理帖」シリーズ、「龍ノ国幻想」シリーズなど著書多数。

「モカちゃん。わたしたちは、もう立派な大人よね。だって生まれて、一年も経《た》ったもの」

窓辺に座ったミルク——真っ白い雌猫は、緑色の瞳《ひとみ》を窓の外で揺れる小枝の先にすえ、隣に座る姉妹猫にそう言った。

言われた方の姉妹猫モカは、茶虎《ちゃとら》の毛並みをせっせと毛づくろいしながら、「そうだねー」と気のない返事をするので、ミルクはきっとモカをふり向く。

「モカちゃん！　あなた何か忘れてない⁉」

言われた途端、モカの金の瞳がまるくなった。

「あっ！　そうだ。おばあちゃんに、おやつもらうの忘れてた！」

ぴょこんと立ち上がったモカの首に、ミルクが組みつく。

「違う！」

「なに⁉　ミルちゃん⁉　やーん‼」

「このこの、忘れんぼ！」

取っ組み合いながら、二匹はどたっと床に落ちた。床に転がったミルクから飛び離れたモカは、距離をとって背中をぐうっと丸めた。

「ミルちゃん、甘噛《が》み強い！　しかも重い！　ちょっと太ってるって、この前、獣医さんに言われてたじゃん。わたしのご飯、横取りするのやめたら!?」

跳ねて起き身構えたミルクは、ぐぅっと呻《うめ》く。

「余計なお世話よ！　わたしは、食べたいものは食べるの」

「わたしのご飯だけど」

「わたしが食べたきゃ、食べるの！　そんな話じゃなくて、モカちゃんが大事なことを忘れてるって話でしょ」

モカは、ミルクに比べてほっそりした首を傾《かし》げる。

「なんだろう」

ふんと鼻を鳴らし、ミルクは床にすらりと座る。なめらかな毛並みが、窓からの日の光で輝いている。毛並みが抜群なのがミルクの自慢で、この毛並みの艶《つや》を保持するために栄養を取るのを心がけているが――取り過ぎ、との意見が、飼い主の七枝おばあちゃんに、かかりつけの獣医さんから出されていた。

しかしミルクは気にしない。

まったく心当たりがなさそうなモカに、ミルクは、仕方がないなと諦《あきら》めて告げた。

「わたしたちを拾って、七枝おばあちゃんに引き合わせてくれた、山本君のことよ！　大人になったら恩返しに行こうねって、約束したじゃない」

「あーっ！　思い出した。うん、約束した、した」

ふるん、ふるんと、左右に尻尾《しっぽ》を振り、モカはうっとり宙を見つめた。

「山本君、元気かなぁ」

ミルクとモカは生後間もなく、道路脇《わき》に、段ボールに入れられ捨てられていた。

他にも数匹の兄弟姉妹たちが一緒にいた記憶はあるのだが、彼らはカラスに連れて行かれたり、車に轢《ひ》かれてしまった。二匹は段ボールの外が危険なのを承知していたが、空腹に耐えかねてそこから這《は》い出した。

夜だった。

数日前まで、お母さんが側《そば》にいた。人間もいた。幸せで、ぬくぬくして、なんの心配も無かったのに。その落差が寂しくて、怖くてたまらず、仄《ほの》かに明るい方へと二匹で向かっていた。

突然、目の前に大きな真っ黒いものが迫ってきた。それが自動車のタイヤだと、その時はわからなかった。ただ急に、視界を塞《ふさ》いだ真っ黒いものに身が竦《すく》んだ。二匹はそのままタイヤに押しつぶされそうになったのだが――直前でタイヤが止まった。

そこはコンビニという、人間が出入りする常に明るい四角い建物の駐車場だった。車を制止したのは、コンビニの出入り口を掃き掃除していた、人間の若い雄だった。

山本君と呼ばれているその雄は、コンビニ裏にある別棟の、用具倉庫に二匹を連れて行った。そこはほんのり温かかった。さらに猫用のミルクをくれた。そして七枝おばあちゃんという、独り暮らしの猫好きのおばあちゃんに引き合わせてくれたのだ。

山本君から七枝おばあちゃんに引き渡されるとき、ミルクとモカは、寂しくてにゃーにゃー鳴いた。

ミルクとモカという名前をつけてくれたのは山本君で、助けてくれたのも山本君で、ほっとする場所をくれたのも山本君だったから。二匹にとっては、山本君は新しいお母さんに等しかった。お母さんと離されたときの怖さと寂しさを思い出し、それが小さな体を一杯にして、鳴き続けた。

でも山本君はアパート暮らしで、二匹と一緒に生活することができないと言っていた。二匹が、ずっと用具倉庫に住むことも、難しいと。

「可愛《かわい》がってもらって、幸せにな」

と山本君は、別れ際《ぎわ》に二匹を撫《な》でた。ミルクとモカは、七枝おばあちゃんが準備したキャリーの中に入り、その中で揺られながら話し合ったのだ。大人になったら、きっと、山本君に恩返しをしよう、と。

　そして七枝おばあちゃんに引き取られて、一年。ミルクとモカは、おばあちゃんに毎日撫でてもらい、美味《おい》しいご飯をもらい、遊んでもらえる。時々、痛い注射をされることもあるが、それも、七枝おばあちゃんが二匹のためにしてくれているのはわかっていた。ただ、痛いし、嫌だから、診察台の上で鳴いたり凄《すご》んだりはするが。

　二匹は、もう立派な大人になったのだ。

「わたしたち、大人になったのよ。モカちゃん」

　再度厳《おご》かに告げたミルクに、モカはさらに瞳を大きく丸くした。

「そうか！　大人になったから、山本君に恩返しだね！」


(=ˆ•ˆ•=)


「なんか。ヤバくない？」

「ヤバい……よね」

　会社員風の女性二人組が、こそこそと囁《ささや》いているのが山本の耳に届く。

（ですよね……）

　内心、山本は相づちを打つが、けしてそちらに視線を向けることなく、コンビニバイト歴三年半で身につけた無表情を貫き通していた。

彼女たちの視線の先には、ホットスナックの唐揚げなどが並ぶケースがあるのだが、そのケースの中で唐揚げが、なぜか、ぴょんこぴょんこと踊っていた。山本の左横五十センチも離れていない場所だが、彼は見えていないふりをした。

隣のレジに立っていた、中国人留学生の暢《ちょう》君はぶるぶる震え出している。

普段の深夜勤務は、一人が基本だ。店長と山本でシフトを回していたのだが、今夜からありがたいことに、昼間しかシフトを入れてなかった暢君が入ってくれることになった。ただ「初日に一人は心細い」と暢君が言うので、店長の計らいで、今夜だけは暢君と山本の二人勤務になっていた。

深夜勤務を心細いと感じた暢君は、勘がよいのかもしれない。

暢君の恐怖の表情に気づいた女性客たちは、顔を見合わせ、青ざめる。そのまま二人は早足に店を出て、車に乗り込み、真夜中過ぎの、冬の暗闇《くらやみ》の中走り去った。

震えながらぎこちなく店内を見回し、お客がいないことを確認した暢君は、途端に悲鳴をあげてレジカウンターの端に逃げた。

「山本君！　それ、それそれそれ、何ですか⁉」

暢君は有名一流大学に留学している秀才で、日本語は、三流私大の学生である山本より上手《うま》い。しかしながら、恐怖と驚愕《きょうがく》のため、今はちょっと発音がおかしい。

「あー、これ？　暢君、夜のシフト初めてだから、知らなかったか。ポルターガイスト？　みたいなやつ」

ひぃいいいいっと暢君が叫ぶ。

「あー、大丈夫。俺、三年半これ見てるけど、実害ないから」

山本は請け合った。しかし暢君は、

「店長、呼んできます！」

そう叫ぶと裏手にある休憩室兼、用具倉庫へと走って行った。

「呼んでもいいけどさぁ」

跳ねる唐揚げを見つめ、山本は途方に暮れる。

こんな現象につきあって三年半、山本の感覚は麻痺《まひ》していた。

ここは、いわゆる心霊現象が頻発するコンビニとして近隣では有名だ。特に夜中が最悪で、それはもう手を変え品を変え、あらゆることが起こる。

三年半この怪奇現象とつきあってみて、山本はなんとなく、諸々の現象の根っこは一つのような気がしていた。「なにか良くないものが、このコンビニに住み着いている」という感があるのだ。

その「なにか」の正体はわからないのだが、おかげで近所の悪ガキどもが寄りつかないのは有り難い。ただ、夜間の売り上げはゼロに等しい。

「なに？　唐揚げがどうしたって？」

暢君にせっつかれてやってきた店長が、カウンターの右手奥から入ってくる。店長を盾のようにした暢君が、「あれです、あれです」と指さすと、店長は「ああ、あれか」と面倒そうに返事した。

「あれはなぁ、なんか、熱で跳ぶんだ」

「熱で跳ぶ⁉ そんなことあり得ないです」

もっともな暢君の意見にも、店長は一ミリの迷いもぶれもなく、言い張る。

「跳ぶんだよ」

「どんな原理ですか⁉ それは！」

「それを、おまえみたいな大学行って博士になろうって奴《やつ》らが解明するんだろうが。おっし、あと一時間で交代だから、頑張れ」

陽気に言うと、跳ねる唐揚げに背を向けて店長は出て行く。

暢君は唖然《あぜん》としている。

山本も、バイト初日に暢君と同じように店長を呼んで、同じようにあしらわれた。「ドリンクケースに女の顔が！」と訴えると、「あれはなぁ、ペットボトルのラベルが反射して、なんか、ああいう風に見えるんだよ」と言われた。

基本的に、ここのコンビニの店長は、細かいことも大きなことも、全然気にしない。

それが良いところでもあるし、やりやすくもあるのだが。自分の店の夜間売り上げがゼロに等しいのを「どうしてかな」と首を傾げつつも、「立地のせいだろう」と片付けてしまって、それ以上気にしないのもどうかと思う。

店長が出て行くと、唐揚げがぴたりと跳ねるのをやめた。

暢君はおそるおそる、レジに戻ってくる。

「僕、バイトやめます」

震える声で暢君が言うので、山本は焦《あせ》った。

「え、そんな。暢君がやめたら、シフトきつくなるよ。大丈夫だって、こんなの。慣れるって。ぜんぜん平気」

「いいえ、こんなとこにいたら呪《のろ》われます」

「俺、三年半やってて呪われてないから、大丈夫だって」

「三年半彼女がいないと言ってたのは、呪いじゃないですか⁉」

「えー。そんなぁ」

と、半笑いでレジの前に視線を戻した山本は、「ぎゃっ」と思わず悲鳴をあげて、レジ奥のカウンターに背中をぶつけるまで飛びすさっていた。

レジの正面に、目のくるくるした七歳くらいの女の子が二人、手をつないで立っていたのだ。

驚いたのは、急にその子たちが現れたからではなく、女の子たちの様子がかなり妙だからだ。頬に細い髭《ひげ》がひょんひょん生えていて、瞳孔《どうこう》が縦長で、耳の先がとんがっていて、おまけにスカートから、それぞれ茶の縞《しま》模様と白の尻尾が覗《のぞ》いていて、ゆらゆら揺れている。

「山本くーん!!」

暢君が、カウンターの下にしゃがみ込んで叫ぶ。

さすがの山本も「店長!」と呼ぶが、店長の返事はない。

「「山本君。恩返しに来たよ」」

二人が唱和するので、背筋を悪寒《おかん》が駆けあがった。

(俺、名指し!? これ、絶対呪われるやつ!)

ホラー映画の名作『シャイニング』に出てくる双子を彷彿《ほうふつ》とさせる。いや、それより悪いことに、あからさまにこの二人は人間じゃない。

どう見ても、猫が化けてる感が半端《はんぱ》ない。化け猫だ。

(なんで俺が化け猫に呪われ……っ! いや、待て、恩返しって言った?)

そのとき、ぽんと頭に浮かんだのは、一年前に保護した仔猫《こねこ》二匹。真っ白い仔猫と茶虎の猫。そして——女の子たちから生えている尻尾は、白と茶虎。

「……え? まさか」

呟《つぶや》くと、二人はにっこりして、手をつないだままカウンターに近づいてくると、山本を見あげた。

「ミルクと、モカ？」

「恩返しに来たよ。山本君が欲しがってたものを、あげる」

白い尻尾の女の子は、否定しない。山本は目を見開く。

「え……え？　え、マジ？　本当に」

「うん。あげるよ。山本君、いつも欲しがってたよ」

さらに白い尻尾の女の子がそう言った時だった。

彼女たちの背後、床面から、真っ黒い霧のようなものがぶわりと膨れあがった。吹き出したのではなく、膨れあがったのだ。ゴムのような質感の何か。

「危ない!!」

手をさしのべようとした。が、女の子たち——間違いなく、ミルクとモカは、きっと同時にふり返って、「シャーッ!!」と威嚇《いかく》の声を発し、つないでいない方の手で宙を鋭く薙《な》いだ。

黒いゴムが裂けた。

鋭い爪《つめ》で裂かれ、ぶわっと広がる黒いものを、さらに二人が「シャーッ!!」と威嚇する。

「邪魔するにゃーーーーー！」

二人、つないでいた手を放して同時に地を蹴《け》った。

ミルクがくわっと口を開くと、鋭い牙《きば》が並んでいた。その口で黒い影の足元に食いつく。モカは身軽にカウンターを蹴って跳躍し、影の頭上から切り裂くように両手の爪をひらめかせる。

黒い影が、牙と爪に裂かれて苦しげに身もだえした。

「「シャーーーーッ!!」」

二人がそろって左右から、鼻の付け根に皺《しわ》を寄せ、牙をむきだして威嚇する。

影は、ぶるぶるっと揺れた。怯《おび》えるように左右に全体を揺らしたと思うと、いきなり、ぶわっと床から離れて浮いて、猛スピードで跳んだ。そのまま出入り口の扉にぶち当たり、開いた隙間《すきま》から外へ飛び出す。

扉が激しく揺れ、

ピンポンパンポンピロ～リ、ピロリロロ～ン

客の入店を知らせる、間抜けな電子チャイムが鳴った。

電子チャイムの音が途切れると、冷たい夜風がすっと吹き込み静寂が落ちる。

そして、その場には、黒い影もなければ二人の女の子の姿もない。

山本は呆然《ぼうぜん》として、何度も何度も、瞬《まばた》きした。

「え？　え？　なに？」

「山本君？　あの変な女の子たちは」

カウンターの下から顔を覗かせた暢君は、きょろきょろ辺りを見回した。

「あ、良かった。消えた。山本君、消えたね」

「でも。なんか、絶対いたよね？　女の子」

「いいい、いました。僕、もう絶対バイトやめます」

カタカタ震える暢君が宣言するのと同時、再び入店チャイムが鳴るやいなや、

「すみません！」

誰かが飛び込んできた。

衝撃体験直後のその刺激に、暢君がひぃっと後退《あとずさ》るが、カウンターに駆け寄ってきたのは、山本と同じ年頃の女の子だった。

ダウンジャケットを羽織っているが、額に汗をかいて頬が真っ赤だ。息切れしている。

彼女はカウンター前で、「あのっ」と、一言言って息を整え、続けた。

「このお店の周囲で、猫見ませんでしたか⁉　白と茶虎。うちのおばあちゃんちの猫なんです。けど、急にいなくなって。家から出たらしくて。おばあちゃん、心配でおろおろしてて」

さらに息を整え、彼女はまくしたてる。かなり焦っているらしい。

「おばあちゃんが、その猫たちはここの店員さんから譲ってもらったって言うから。もしかしたら、あの子たち、ここに来たかもって」

まだ衝撃の余韻を引きずっていた山本は、「ああ」と、どことなくぼんやり答えた。

「それ、俺です。猫、保護して困ってたら、七枝さんが引き取ってくれて」

「あ、じゃあ、あなたが山本さんですか？　いつもおばあちゃんがお世話になってます。孫の充希《みつき》と言います。それで、うちのミルクとモカは」

「それは、来た……気はするんですが」

「え？」

怪訝《けげん》そうな顔の彼女、充希に何をどう説明したものかと思っていると、カウンター右奥の扉が開き、店長がひょっこり顔を出す。

「おおい、山本君。おまえが拾った猫じゃないか、こいつら」

店長が両脇に抱えているのは、ミルクとモカだった。

山本の記憶の中では仔猫なのに、二匹はしっかり成猫《せいびょう》になっていた。モカはほっそりと、筋肉質で。ミルクはもふもふとして綺麗《きれい》な毛並みで、ちょっと太めに見える。けれど二匹とも健康そうで、幸せそうな、おっとりした顔をしている。

「それ、うちの猫です！　ありがとうございます！」

充希が泣き出さんばかりの表情になったので、山本は、ミルクとモカをふり返り、ふっと顔の筋肉が緩む。

（ああ、おまえら。可愛がられてんだなぁ。良かった）

充希が駆け込んでくる前に、自分が何を見たのかは、よくわからない。

夢だったような気もするし、幻覚だったような気もするし、本当だったような気もするが――二匹が可愛がられているなら、まあ、なんでもいいやと思えた。

「本当にありがとうございます。連れて帰ります」

店内に動物は入れられないので、充希は店の裏手に回り、そこで店長からミルクとモカを受け取ろうとした。

しかしどうも二匹同時に抱くのは難しそうで、一匹を抱くと、もう一匹がするりと腕から抜けるという具合で、なかなかうまくいかない。

「一匹、俺が抱いて家まで送っていきましょうか？　走ってきたんでしょ？　夜道は、女の子一人じゃ危険だし」

見かねた山本が言うと、側《そば》にいた店長が「そうしろ」と同調した。最初は遠慮した充希だったが、二匹同時に抱くのは無理だと悟ったらしく、「よろしくお願いします」と頭を下げた。

山本がミルク、充希がモカを抱いて、コンビニを出た。

「山本さん、猫お好きなんですか」

暗い歩道を並んで歩きながら、充希が訊《き》く。

猫たちは二匹とも、大人しく抱かれている。

「好きって意識したことなかったけど。保護しちゃったんで、世話してたら、なんか可愛くなって。猫ってこんな可愛いのかぁ、て、なった感じ。七枝さんのお孫さんの、えっと」

「充希でいいですよ」

「充希さんも、好きなんですか」

「大好きです。でも、今両親と暮らしている家では飼えなくて。わたしだけ、今度、おばあちゃんちに引っ越しして、猫と暮らしたいな、なんて思ってます」

「あ、じゃあ。引っ越してきたら、うちのコンビニも、ご利用よろしくお願いします。割り箸《ばし》なら多めにサービスするんで」

「割り箸！」

ぷっと吹き出した横顔を見て、「受けた！」と内心ガッツポーズをした山本は、「素直に笑ってくれていい子だな」と、思った。「なに、それ、寒い」と言われることも多い山本の冗談を、笑ってくれるなんて。よい子だ。

（こんな子が、彼女になってくれてくれたらな……）

ふとそう思ったとき、夢か幻かわからない、ミルクとモカの言葉をなぜか思い出す。

――山本君、恩返しに来たよ。

――山本君が欲しがってたものを、あげる。

――山本君、いつも欲しがってたよ。

二匹はそう言っていた。

（でもこいつら、結局なんもくれなかったな。猫の恩返しなんて、そんなもんか。まあ、こいつらが幸せなら、なんでも良いけど）

抱いているミルクの、尻尾の付け根をとんとんして、充希に抱かれているモカの鼻先に、ふっと軽く息を吹きかけてやる。二匹は、山本の目を見て、ゆっくり瞬きをした。

山本は、忘れていた。

保護した仔猫をせっせと世話しながら、「おまえら、女の子かぁ」と呟いて、「彼女、欲しいなぁ」とぼやいていたこと。時々、口癖のように、「彼女いたらなぁ、一緒に世話とかして。楽しいだろうなぁ」と言っていたことを。

(=ˆ•ˆ•=)


窓辺に座ったミルクは、外の枯れ枝に止まったメジロを見ながらふっと満足げに呟く。

「やったわね、わたしたち」

「なにをー?」

隣で毛繕いしていたモカが、まったく興味なさそうに、おざなりな質問をするので、ミルクはきっとふり向く。

「山本君への恩返しよ!」

「ああ、あれかぁ。あの黒いの逃げちゃったね。食べたら美味しかったかな? 捕まえれば良かったね」

「違うでしょう!」

「え、違うの?」

「なんのために、山本君に会いに行ったと思ってたの!? モカちゃん」

「恩返しするために、会いに行って。山本君に、なんかしてあげようかなぁ、て思ってたら。ちょっと邪魔されたから、引っ搔《か》いちゃった。そしたら黒いの逃げて、山本君たちほっとしてたから。あれで恩返しになったのかなぁって」

「わかってなかったの？　恩返しのために、なんでわざわざ山本君の所に行ったか。山本君が欲しがってたものとか」

「あのときミルちゃん、山本君の欲しがってたものあげるとか言ってたよね。なんのこと？」

「モカちゃん……子どもね」

　ミルクはふっと鼻で笑うと、ちらりと横目で見る。

　モカはむっとして、ミルクの背中に組み付く。

「なに、なに、なに⁉　その態度ーっ！　なんか隠してるでしょう！」

「隠してない！　ものすごっくあけすけにしたのに」

「なんのこと⁉　もしかしてちゅ～る⁉　もしかして秘密でもらってるの⁉　だから小太りなの⁉　ミルちゃん」

「全然違う！　ていうか、小太りって言わないで！」

　二匹は日だまりで、取っ組み合いを始めた。


(=ˆ•ˆ•=)

その夜を境に、ヤバいと噂《うわさ》されていたコンビニの怪奇現象は、ぴたりと止まった。

暢君は、なんのかんの言っていたが、結局はバイトを続けている。

店長は何も変わらないが、夜間の売り上げが伸びたので機嫌が良い。

山本は、近頃、ミルクとモカに会うために七枝おばあちゃんの家へよく顔を出す。

そのうち充希が引っ越してきて、おばあちゃんと充希と山本と三人でコタツに入り、ミルクとモカを撫でながら、だらだらとお茶を飲んで時間を過ごすようになった。

そして何年か後に山本は、冬も春も、夏も秋も、ずっとこの家に来たいと思うようになり、充希にプロポーズする。

プロポーズの言葉は、「俺を、ミルクとモカの飼い主にして下さい！」だった。

二宮敦人

タロにさよなら

二宮敦人　Ninomiya Atsuto
1985（昭和60）年、東京都生れ。2009（平成21）年『！』でデビュー。『最後の秘境 東京藝大　天才たちのカオスな日常』『最後の医者は桜を見上げて君を想う』などフィクション、ノンフィクション問わず著書多数。

家族ってなんだろう？

おれにはよくわからなかった。はっきり答えられる人がいたら、聞きたいもんだ。血が繋《つな》がっていたら家族か。それとも、心が通じ合ったらか。どういう基準で、誰がそんなこと、決められるんだ。

こんなことを考えるようになったのも、タロ、お前がうちにやってきたせいだぞ。

「ねえ、サチオ。意見を聞かせてほしいの。もう一人家族が増えるのって、どう思う」

母さんの言葉に、おれは真《ま》っ直《す》ぐ相手の目を見返した。いつものサチ、ではなく本名で呼ぶってのは、特別なサインだったから。とはいえ、すぐに賛成したよ。反対できるような雰囲気じゃなかったってのもあるけど。少なくとも、悪いことじゃない気がしたんだ。

「ありがとう。サチの弟か妹だと思って、仲良くしてね」

それから母さんと父さんは、おれを寝かしつけた後に何やら相談ごとをするようになった。おれを婆《ばあ》ちゃんの家に預けて講習会なんかにも出かけて、タロ、お前を迎え入れる準備をしてたみたいだった。

『子供が生まれたら犬を飼いなさい』って話、あるだろう。そういうのいいなあって、ずっと思ってたんだよ」

「ちょっとタイミングがずれたみたいだけど?」

「少しくらい、いいじゃないか。大事なのは動物と一緒に育っていくことなんだから。情操教育にいいんだよ、たぶん」

「はいはい。それより名前は決めたの」

「太郎ってのはどうだろう。我が国の伝統的な名前だ」

「太郎ね、タロちゃん。うん、いいんじゃないかしら」

食事中によく、そんな話をしていた。

長いこと雨続きで、そこら中の空気がお風呂場《ふろば》みたいにじめっとしていた。空が灰色の雲に覆《おお》われて、足元で泥が跳ね回ってたあの日、タロ、お前はやってきた。父さんと母さんに代わる代わる抱っこされていた。

おれはおっかなびっくり、ケージ越しに眠っているお前を眺めたよ。少し茶色がかったふわふわの体毛。小さくて、時々ぴすぴす言う鼻の穴。手も足も短くて、お尻《しり》におむつをつけられてた。おれがそっとつついてみると、ぶりって音がして、何とも言えない匂《にお》いが漂った。

うえっと顔をしかめて、あたりを見回したよ。

でも父さんも母さんも、笑ってた。

「サチ、あなたも最初はこうだったのよ」

おれはそっぽを向いた。一緒にされちゃ困る。おれは一人でトイレくらい行けるんだ。

「しつけをされるまでは、誰だってできないのさ。人間も犬も同じだ」

そうなのかな。こいつ、自分で立って歩くことすらできないけど。そもそも目が開いてないじゃないか。

「大丈夫。ほら、こんなに元気だもの」

母さんがミルクを温めて、哺乳瓶《ほにゅうびん》から飲ませてた。タロ、お前は目が見えていないばかりか、手足の動きもおぼつかないくせに、鼻をひくひくさせて食い物を探し、しっかり乳首をくわえ込んで、おれはびっくりしたぜ。おれならひと飲みにできそうな僅《わず》かな量のミルクを、ゆっくり時間をかけて、ちゅうちゅうと吸った。瓶の中に小さな泡がふつふつ立った。一生懸命だったな。中身がなくなっても、離さなかった。母さんが瓶を引っ張ると、お前は四肢を投げ出して、首だけで何とかついていこうとして、やがて力尽きて寝っ転がった。

おれ？

おれはただ、唖然《あぜん》としていた。

変わった生き物がいるもんだなあ。それ以外に感想なんて浮かばなかったよ。

今はそうでもないけど、タロ、お前はすごい寂しがり屋だったんだぜ。回りに誰もいないと、大騒ぎするんだ。あの吠《ほ》え声、どこから出てくるんだろうってくらい大きな声。耳がキンキンするよ。それも、昼だろうと夜だろうとお構いなしだ。みんなが床についてしばらくした頃、盛大に泣き始めて、おれも父さんも母さんも全員起こされるなんてのは、珍しい話じゃなかった。母さんがミルクを飲ませて、抱っこして、何度も揺らして、撫《な》でてやって、ようやく大人しくなるのさ。おれも一回起きちゃうと、その後なかなか寝付けなくなったりして。実に迷惑だったよ。

そのくせおれが様子を見に行くと、いつも寝てるんだ。ちっとも面白くない。何か可《か》愛《わい》い動きを見せてくれるわけでもない。声をかけてもうんともすんとも言わないしよ。いったい母さんは、どうしてこんな生き物を欲しがったのかと思ったよ。

だってタロ、お前って手間ばかりかかるんだ。

おむつの中身が漏れちゃって、しかもそいつを蹴《け》ってまき散らしていた時には、呆《あき》れちゃったよ。せめてそのままにしといてくれれば、掃除も楽なのにさ。結局、ケージも敷かれていたマットも何もかも、母さんは風呂場で洗うはめになった。夜中に起きるくせがついちゃったのにも参ったね。朝、父さんは仕事に行かなきゃいけないんだぞ。お前が毎日夜中に起こすから、可哀想《かわいそう》に、すっかり寝不足になっていた。

よく母さんと父さんが言い合っているのを見たっけ。

「タロのペースで生活しない、としつけの本にも書いてあったぞ。あくまでこっちに合わせてもらわなきゃ」

「わかってるけど、夜に寝てくれないのよ」

「だからって、放っておいたら、いつまでも生活リズムが身につかないじゃないか」

「私は精一杯やってるの。文句があるならあなたが寝かせてよ」

声は少しずつ甲高くなっていく。おれはハラハラしたよ。タロ、お前が来てからというもの、この家の雰囲気は悪くなる一方だった。どこから買ってきたのか知らないけれど、元いた場所に返すわけにはいかないのかと思ったよ。だって、こんなことで母さんと父さんが喧嘩《けんか》するなんて、やりきれないじゃないか。

忘れられない出来事があるよ。

あれはお昼時だったな。ぽかぽかした陽気の、気持ちのいい秋の日だった。母さんはソファでうたた寝していて、おれは横でつけっぱなしのテレビを見ていた。部屋は少し散らかってた。食器とか洗濯物が出しっぱなし。言っとくけどな、タロ、お前が来る前はこの家はいつだってぴかぴかに綺麗《きれい》だったんだぞ。

　お前がかすかに唸《うな》るのを感じて、おれはいてもたってもいられず駆け出した。ケージのそばから覗《のぞ》き込む。お前はもう目が開いていて、しっかり四つ足で歩けるようになっていた。鳴き方でおれはすぐにぴんと来た、ああこりゃ腹が減ってるな、とね。おれは居間に引っ返すと、自分の昼飯の皿を取ってきた。メニューが何だったかは覚えていないけどよ、とにかくおれはその日あまり食が進まなくて、少し食べ残していたんだ。

　おれはケージに向かって皿を突き出した。お前は不思議そうに匂いを嗅《か》ぐと、顔を突っ込むようにしてちょっぴり食べた。おれはほっとした。

　お前のためというより、母さんのためだった。できるだけゆっくり寝ていて欲しかったのさ。だけど次の瞬間、母さんが大きな声を上げて駆けてきた。そしておれを押しのけると、皿を乱暴にひったくった。

「だめでしょう、サチ！」

　めったに見ない怒り顔だった。それから皿の中身とタロの様子を確かめて、ほっと胸をなで下ろすと、今度は落ち着いた声で言った。

「あのね、サチ。犬と人間は、同じものは食べられないの。お腹《なか》を壊しちゃうこともあるんだよ。次から気をつけてね」

　タロ、お前は母さんの腕の中できょとんとしてたな。罪のないその顔が無性に憎らしかった。お前のせいだぞ。おれと父さんと母さんだけで、全《すべ》てうまくいっていたのに。どうしてこんな思いまでして、家族を増やさなきゃならないのか。おれにはわからなかった。

ケージがいらなくなるまで、あっという間だった。

タロ、お前は四つの足で床を踏みしめて、歩き回りはじめた。案外素早くて、感心したぜ。

その頃からかな。わかるようになってきたんだ、お前の気持ち。相変わらずおれが声をかけても、ろくな答えは返ってこない。だけど言葉なんていらないんだな。お前ときたら、目をきらきらさせて、ぴょんぴょん飛び跳ねて、口をパカッと開けて舌を出す。また別のときは顔中をしわしわにして項垂《うなだ》れ、そのままばったり倒れちまう。見りゃ誰だってわかるよ、嬉《うれ》しいのか悲しいのか。

お前はいつも、おれを見ると嬉しそうについてきた。たまにおれが別の部屋にいると、一部屋ずつそおっと見て回る。そうしておれを見つけると、勢いよく飛びついてくるんだ。お前って奴《やつ》は、力加減がめちゃくちゃだから、当たり所によっちゃ痛くてさ。タンスの陰に隠れてやり過ごしたりもしたよ。でも、どこを探してもおれがいないと、タロ、お前は落ち込んでしまう。悲しそうに、細い声で鳴いて、まるでこの世の終わりみたいな顔をする。仕方ないから、おれはいつも最後には出ていってやった。

お前はおもちゃが大好きだった。どんなおもちゃが好きって、おれが遊んでいるおもちゃが好きなんだ。横から顔を突っ込んできて、まるでおれが見えていないかのように奪おうとする。他のおもちゃが空いてるのによ。おれが積み木をお前に譲って、ミニカーを取るだろ。そうするとお前はすぐに積み木を放り出して、おれのミニカーに前足を伸ばしてくる。仕方がないからミニカーを渡して太鼓を取ると、今度は太鼓を欲しがる。

おれの邪魔して楽しんでるみたいだった。ブロック、ロープ、笛、ボール。しかも全部、涎《よだれ》まみれにされる。お前ときたら、口をいつも開けっぱなし。ハアハア言いながら涎も流しっぱなし。次々におもちゃを取られて、そのうち遊ぶものが一つもなくなって、おれは悲しくなってしまう。ひでえやつだよ、全く。

父さんと母さんは、おれたちを平等に扱ってくれていたとは思うよ。お前が叱《しか》られることもあれば、おれが窘《たしな》められることもあったからな。

「どっちも、うちの大切な子供には変わりがないから」

それが口癖だったけれど、正直不満だった。なぜってタロ、お前はおれから見りゃ新参者だぜ。どう考えたって父さんと母さんは、おれを優先するべきだろうが。

ま、あんまりカリカリしてばかりいるのも大人げないからな。腹が立つたびに、ぐっとこらえたものよ。

それにしてもお前ってば、本当に何も知らなかったから嫌になる。山と積まれた本の、下の方を引き抜こうとしてみたり。台所の棚を勝手に開けて、何だかよくわからない小瓶を舐《な》めようとしたり。覚えてるか？　おれがお前を引っ張って止めたんだ。そのときばかりはタロ、お前が暴れようと喚《わめ》こうと、手加減しなかった。だって危ないんだから。黙って見て見ぬ振りなんて、できないよな。

父さんと母さんに文句を言った。そもそも父さんが本をきちんと整理していれば、母さんが棚にストッパーをつけていれば、問題はなかったのに。そういうところが抜けてるんだ、あの二人は。おれがしっかりしなくちゃ、そう思った。

父さんが、クリスマスにプレゼントを買ってきたことがある。お前には嚙《か》み心地の良さそうな、海老《えび》フライの形をしたぬいぐるみ。おれには電池でピカピカ光るボール。そりゃそういうの欲しかったけれど、おれはがっくりしたよ。本当に、父さんは気が利《き》かないんだよな。同じものを二つ買ってくりゃいいんだ、それなら取り合いにならないのにさ。結局ぬいぐるみもボールもタロ、お前に奪われて、おれは仏頂面《ぶっちょうづら》。そりゃあ腹立たしかったよ。

でも、母さんは優しく頭を撫でてくれた。

「えらいね、サチ。お兄ちゃんだね」

そう、おれが兄ちゃんだもんな。それにお前、ボールとぬいぐるみを代わる代わる突っついて、たいそうご機嫌だった。その姿を見ていると、家族も悪くないなって思えたよ。

散歩のことも思い出深いな。

タロ、お前は本当に散歩が大好きだったよなあ。おれも一日中家にいたりすると、外に出たくてうずうずしてくるけど、お前にはかなわない。

父さんが黒い靴下を履くと、タロ、お前はそわそわし始める。それだけで出かけるのがわかるんだな。ぼくも連れて行っておくれよ、と父さんのズボンを摑《つか》んで引っ張る。おれだってそれで連れて行って貰《もら》えるならいくらでも引っ張るけど、やらない。父さんは困ったような顔をして、頭を撫でる。仕方ない、父さんと遊べるのはお休みの日だけ。あれはな、会社ってやつに行くだけなのさ。

普通の日にタロ、お前を散歩に連れて行くのは母さんとおれの仕事だった。母さんは水筒やらビニール袋なんかを入れた鞄《かばん》を持って、おれとお前を連れて家を出る。バス通りを進んで、パン屋の横を入って、公園の中を突っ切っていく。知ってるか、昔は砂場の方には行かなかったってこと。少なくとも、おれと母さんだけで遊びに行くときはそうだった。お前がそっちに行きたがるから、ルートが修正されたのさ。永遠に変わるはずがない完璧《かんぺき》なルートだったのに。お前は届きもしないくせに、鉄棒を見上げて飛び跳ねてたな。おれはジャングルジムをくぐって遊ぶのが好きだった。お前、ついてきて、うっかり頭をぶつけて悲鳴を上げてたっけ。

何度、一緒に出かけたかな。数え切れないくらいだ。

追いかけっこして、同じボールを追いかけて、土の上を転がり回ったな。蟻《あり》を見つけて、びっくりして飛び退《の》いてたの、覚えてるか。心配いらない、ただの虫だっておれは根気強く教えてやったもんだ。

おれもお前も、いっぱいご飯を食べて、隣同士の寝床で寝た。春が来て、夏が来て、秋が来て、冬が来た。おれも大きくなったけど、お前もずいぶん大きくなったよな。

「これからはあなたたちだけで散歩に行ってもいいことにしましょう」

母さんに言われた時、おれは誇らしかったけれど、タロ、お前も誇らしそうだったなあ。母さんからの信頼の証《あかし》。おれたちは胸を張っていたよな。

「信号はしっかり守るのよ。横断歩道を渡るときは、右見て左見てね。車と自転車に気をつけて」

おれの隣で、お前は大真面目《おおまじめ》な顔で母さんの話を聞いていた。おれは噴き出しそうになったよ。タロ、お前は安心しておれについてくればいいだけなのに。信号の「止まれ」と「進め」。それくらい、おれはとっくに覚えてる。

一本のリードが、おれとお前とを繋いでた。お前はやりづらそうにしていたな。そんな顔すんなって思ったよ。おれだって同じ気持ちなんだからさ。母さんとは勝手が違うのは、しょうがない。初めのうちはリードを電柱に引っかけたり、通り過ぎようとする人の行く手を塞《ふさ》いでしまったり、失敗ばかり。お前はそのたびにおれを睨《にら》みつけたもんだけど、ありゃはっきり言って、お前のせいだぜ。

それでも少しずつ、慣れていった。二人の散歩、二人の歩幅、二人の時間。そのうちお前が今何を考えてるのか、リード越しにうっすらとだけど、わかるようになってきた。電柱のどちら側を通るのか、通行人をどうやり過ごすのか、阿吽《あうん》の呼吸でできるようになっていったよな。あの散歩は、悪くなかったよ。

中学生と戦ったのを覚えてるか?

今にも降り出しそうな、灰色の雲に覆われた空だった。おれは何となく、家を出る前から嫌な予感がしてた。だけどタロ、お前はいつものように機嫌良くリードを引っ張って、走っていったっけ。脳天気なやつだよ。

いつもの道が工事中だから、おれたちは一本奥の道を歩いていったんだ。住宅やら倉庫やらに囲まれて少し陰になったあたりに、スーパーの裏口があった。駐輪場の脇《わき》のポールに、一匹の老犬が繋がれていて、その周りを中学生が三人、取り囲んでた。

「おもしれえぞ、こいつ。ちっとも抵抗しない」

「どこまで我慢できるんだろうな」

たぶん買い物客が、そこに繋いで店内に入っていったんだろう。通りがかった中学生たちが、いたずらをしているらしかった。犬の尻尾《しっぽ》をいじったり、耳をつねったり、喉《のど》のあたりを握ったり。反撃されないのをいいことに、やつらの行いは少しずつエスカレートしていく。老犬は体をすくめて項垂れ、じっと耐えていた。人に逆らってはいけないと、よほどきちんとしつけられているんだろう。あたりに他の人影はなかった。

おれたちは立ち止まった。

タロ、お前の体が震えてるのがわかった。言ったろ、リード越しに伝わるんだって。お前は怒っていた。無理もない。おれだって気持ちは同じさ。やめろ！　と割って入って、あいつらを懲《こ》らしめてやりたかったよ。だけどタロ、おれたちは子供と子犬だ、勝ち目なんかない。大人を呼んでくればいいんだ。それだけで、中学生はあっさり退散するだろう。それが一番賢い解決方法だ。そう伝えるつもりで、おれはリードを引いたよな。だけどお前は従わなかった。

お前は一つ、鋭い声を上げた。そして歯を剝《む》き出しにして、中学生たちを睨みつけた。

「何だよ、お前。飼い主？」

中学生たちは、へらへら笑っていた。おれは気が気じゃなかったよ。今ならまだ、引き返せる。必死にリードに力を込めて、お前が飛び出さないように繋ぎ止めていた。

「別にいじめてるわけじゃないよ。一緒に遊んでるだけ」

「そうそう。ぼくたち、犬が大好きなんだ」

中学生の一人が、嚙んでいたガムを取り出す。そして老犬の目に、貼《は》りつけようとした。

お前は吠えた。そして駆け出そうとした。

あの時ほど、お前に腹が立ったことはねえ。

わかってるよ。タロ、お前はまっすぐな性格だもんな。素直で、嘘《うそ》がないもんな。そういうとこは嫌いじゃない。だけどバカだ。

なに、カッとなってんだよ。お前は弟なんだから、おれの言うことを聞けってんだ。おれが思いっきりリードを引っ張ったから、お前はつんのめって体勢を崩した。そして歯を食いしばり、悔しそうな目で振り返ったな。だけど、そこにおれの姿はなかった。

おれがリードを振り払い、やつらに飛びかかったからだ。

バカな弟の尻拭《しりぬぐ》いは、おれがしねえとな。お前は傷つけさせない。

ガムを持ってたやつが、手を突き出してきた。おれは姿勢を低くしてかわし、勢いのままに体当たりする。中学生は簡単に尻餅《しりもち》をついた。怪我《けが》はしないように手加減したつもりだけど、ちょっと焦《あせ》ったな。

「おっ、なんだ、こいつ」

横から一番でかいやつが出てきて、おれに摑み掛かろうとした。しゃがみこんで何とか避けたが、その隙にもう一人に腹を蹴られちまった。瞬間、息が止まるほど痛かったよ。

おれはお前を睨んだ。声は出せなかったけれど、目で訴えた。逃げろ。そして誰でもいい、大人を呼んできてくれ。早く、行け、タロ！

なあ、あの時、わかったんだろう？　おれの言いたかったこと。わかるに決まってるよな、おれとお前の仲なんだから。それなのにお前、本当に困ったやつだよ。おれの命令、無視しやがった。お前は歯を剝き出し、全速力で駆けてきた。そしておれを蹴った奴の手首に、思いっきり嚙みついたんだ。

その目。

黒くてくりくりした、可愛らしい瞳《ひとみ》。おれは見たよ、そこに燃えている炎を。正直、お前にあんな勇気があるなんて知らなかった。最初に突っ込むのとはわけが違う、おれが蹴られて悶絶《もんぜつ》してるのを見て、なお挑みかかったんだからな。自分の何倍も大きな生き物に。

中学生が悲鳴を上げた。その間に俺も息を吹き返し、一番でかいやつの股間《こかん》に頭突きをしてやった。向こうも必死に暴れてたな。タロの頭がはたかれるのが見えた。おれの腰あたりに蹴りが入れられた。おれも頭に血が上って、もうわけがわからない。どこをどう殴られ、どうやり返したのか、全く覚えていない。

　ほどなくして店員が駆けつけてきて、おれたちは引き離された。警察がやってきた。大人たちの白い目が、おれたちを囲んでた。まずいと思ったおれは、みんなの前に立ちはだかった。

　タロは悪くないんだ。悪いのはおれだ。罰するならおれを。

　するとタロ、お前はおれを押し退《の》けようとする。お前も同じだったんだ。悪いのは自分だと言うように、きっと前を見つめてた。

　一方、中学生たちはすっかりしゅんとしちゃってたな。一人なんか、泣きべそかいてた。ああ、お前が噛みついたやつだよ。可哀想に歯形がついて、少し血が出てたっけ。あれは少々やり過ぎだったな。幸い、怪我といえるような怪我をしたのはそいつだけだった。そいつは病院に連れて行かれたけれど、結局中学生が老犬をいじめてたのが悪いとなって、何とかおれたちはお咎《とが》めなしで解放された。もちろん家に連絡されて、母さんと父さんにこっぴどく怒られたんだけどさ。

　でもな、タロ、お前と一緒に叱られながら、おれ、少し嬉しかった。おれたちは正しいことをした。そしておれだけじゃなくて、お前と一緒にそうできたってのが、何だろう。嬉しかった。

　おれがちらっとお前の方を見たら、お前もちょうど、こっちを見たな。微笑《ほほえ》んでしまいそうなのを、必死にこらえたっけ。

罰としてその日は夕飯抜きだった。空《す》きっ腹を互いにこらえながら、抱き合って寝た。

タロ、お前は暖かかった。

幼稚園に小学校、習い事のプール。部屋には勉強机を買ってもらって、ランドセルを置く棚も増えて。あと、父さんが転職したりもしたな。

おれたちの生活は少しずつ変わっていった。一緒に過ごす時間も前に比べりゃ減っていった。

カードゲームにマンガ本、ゲーム機、プラモデル。おもちゃ棚の中味も入れ替わっていった。そういえばいつのまにか、お前はおれの遊んでいるものを奪わなくなったな。

けれどおれとお前の間には、ずっと変わらないものがあり続けた。

毎日の散歩？　それだけじゃない。もっとこう、何ていうかな。絆《きずな》っていうか。そんな大げさなもんじゃないけどな。朝起きて挨拶《あいさつ》したら、ちゃんと返事があるような、そんな感じのことさ。

すっかりおれ、お前がいるのが当たり前になっていたんだ。

だからタロ、お前が病気だって聞いたとき、背中の毛がぞわっと逆立つような心持ちだった。

初めはただの熱だった。滅多に体調を崩さないお前が、布団《ふとん》をぐっしょり濡《ぬ》らすほどの汗を掻《か》いていたな。母さんがお前を病院に連れて行ってくれた。おれは、不安だった。おまえの体毛の匂いが、いつもと違う気がしたんだ。ほら、病気のやつ特有の匂いって、あるだろ？

母さんが病院から帰ってくるまで長い時間がかかった。何やら色々と検査をしたらしい。母さんは青ざめていた。それからの日々は、怒濤《どとう》のように過ぎていった。

「やっぱり、悪性のリンパ肉腫《にくしゅ》なんですって」

病名なんて聞いたって、何が何だかわからない。だけど、顔を覆って俯《うつむ》く母さんの、心細そうな声を聞いているだけで、事態の深刻さはわかる。父さんが母さんに寄り添い、その背を撫でた。

「落ち着いて。次に病院に行くのはいつ。大切な家族のことだもの、ぼくも行くよ」

「来週の頭」

「手術になるのかな」

「検査の結果によるけれど、たぶん薬を使うって。抗がん剤」

二人を見上げるおれは、よほど不安そうな顔をしていたんだろう、母さんは無理して笑い、おれを抱き寄せてくれた。

「大丈夫だよ、サチ。お医者さんが頑張ってくれるからね」

声は震えていた。

「そうだ。タロが帰ってくるまで、しっかりみんな、自分のやることをやろう」

自分に言い聞かせるように父さんは言った。

あれよあれよという間にお前は入院してしまった。家が急に広くなったよ。静かでさ、おもちゃも独り占め、布団だって贅沢《ぜいたく》に使える。廊下で出会い頭にぶつかりもしない。だけどおれ、寂しかった。退屈で暇で、落ち着かなかった。どうしてだろうな、お前が来る前に戻っただけなのに。昔はお前がいなくたって、平気だったのに。

「よし、今週末はみんなでお見舞いに行こう」

そう父さんが言った時、飛び跳ねるくらい嬉しかった。タロ、お前に会いたかった。それにお前も寂しがってるはずだと思ったんだ。車に乗って、みんなで出かけた。病院は白くて大きくて、お前とそっくりな小さい生き物がいっぱい寝かされてた。

おれ、心配は心配だったけど、どこかで甘く見てたんだ。

会ったら一緒に遊ぼうとか、そんなこと思ってたくらいでよ。だけどお前の状態は、おれが考えていたよりずっと悪かったんだな。直接会うことすらお許しが出なくて、おれはガラス窓の外から、父さんと一緒にそっとお前の姿を見ただけだった。

タロ、お前は足に点滴を繋がれ、ぐったりとベッドに横たわっていた。目はうつろで、顔はむくんでいた。時折苦しげな表情で、体勢を変えようとする。だが、どんな姿勢でもあまり楽にはならないらしい。足の付け根あたりにできものがあって、ひどく痛むようだった。

父さんは眉間《みけん》に皺《しわ》を寄せていた。母さんは涙ぐんでいた。

おれは……。

こんなのは初めてだった。

おれも痛かった。どこが？　胸の奥だろうか。わからないけれど、痛くて痛くてたまらなかった。お前が痛いのが、おれも痛かった。

お前のことがわかった。家が恋しいのがわかった。外を走り回りたいのがわかった。母さんの膝《ひざ》の上で眠りたいのがわかった。お前と心、繋がってた。

今すぐお前のそばに駆け寄りたかった。寄り添って、そっと頬ずりしてやりたかった。そうしてやれないのが、お前の苦しみを取り去ってやれないのが、悔しくて悔しくて、たまらなかった。

「犬と人間は、同じ時間を生きられないのよ」

いつだったか母さんは、おれとお前を見つめて言った。

「犬の三歳は、人間だったら三十歳。犬の八歳は、人だったら五十歳とかそれくらいなんですって。ずっと一緒にいることはできないの」

その意味はぴんとこなかったが、やけに寂しげな響きだったのを覚えている。

帰りの車の中、父さんが話してくれた。

「いいかいサチ、タロはしばらくおうちに帰れないんだ」

窓の向こう、街灯の光が流れていく。

「薬を体に入れて、悪いものをやっつけるんだ。徹底的にやらないと元に戻ってしまうから、時間をかけてじっくりとやる。そうだな、四ヶ月くらいはかかる。その頃には少し暖かくなっているだろうな」

父さんもおれが全部理解できるとは思っていないだろう。だけど、家族の一員だから話してくれているんだ。いや、口にすることで、心の中を整理しているのかもしれない。

「これがうまくいけば、タロは治る。だから心配しなくていいんだ」

うまくいかない可能性もあるということ。不安がよぎるのが、声色でわかった。だがおれは黙って聞いていた。

「タロが一番、大変なんだ。ぼくたちがへこたれてちゃいけない。家族みんなで頑張ろう、なあ」

父さんは力強く言い切った。母さんが小さな声で「そうね」と頷き、それからは誰も何も言わなかった。

なあタロ、家族ってなんだろう？

おれはちょっとわかった気がするんだ。

一緒に過ごすとさ、何かが繋がるんだよ。それが家族なんじゃないかな。もちろんおれは、父さんや母さんとも繋がってる。だけどタロ、お前は特別なんだ。おれとお前は深く繋がってる。

散歩の時みたいに、見えないリードが、お前とおれの間に張られてる。そいつを通じてわかるんだ。お前がどっちに行きたいか。おれがどれくらいの速さで歩きたいか。言葉なんていらない、その日の体調、機嫌、気持ち、全部伝わってくる。心臓と心臓とが繋がってるように。喜びも悲しみも、心地よさも苦しみも、分かち合う。お前の痛みは、おれの痛みなんだ。わかるか、お前のためじゃない、おれが痛いんだよ。だからおれはあの、空に浮かぶお月様に願ったんだ。

タロを助けてやってくれ。

お願いだ、あいつはおれの弟なんだ。だから頼む、かみさま。

おれの命を、あいつにやってくれ。

春が来た。

外では桜の花びらが、ひらひら舞っているんだろうか。暖かい風を感じるよ。窓から入って、おれの体をそっと撫でて通り抜けていく。

おれの好きな季節だ。

いいんだ、タロ。

もう、食べたくないんだ。だからその皿は、下げてくれていい。ありがとよ。かえって心配させちまったかな。はっきり言っとくぞ、これはお前のせいじゃないさ。そんな顔しないでくれよ。大丈夫だ、お前が帰ってくるまではここにいるから。

「母さん、今日は学校行きたくない」

「何言ってるの、太郎」

「だって、サチのそばにいてやりたいんだ」

声でわかるよ。泣いてんだろ、よせよ。

「いいじゃないか、一日くらいずる休みしたって。何なら、ぼくも今日は会社に行きたくないよ」

「あなたまで」

「サチは大事な家族じゃないか。人間が危篤《きとく》だったら、普通は休むだろう。犬だからって、変わらないよ」

「仕方ないわね。きちんと家で宿題はやること」

「ありがとう、父さん、母さん」

タロ、もうおれにはよく見えないんだけどな。それでもわかるよ。お前、すぐそばにいるな。おれの腹を撫でてるな。暖かくて、なかなか悪くない。お前、手、大きくなったな。

タロ、お前が退院してきたとき、一回りたくましくなったように見えたよ。大したもんだな。あの長い冬を、病院の治療を、お前は乗り越えたんだ。あんなに小さい子供がさ、家を離れて一人で戦ったなんて、信じられるか？　あれからずいぶん経《た》ったけれど、お前はすっかり元気になった。おれは嬉しいよ。

よくやったな。

お前、いつのまにこんなに強くなったんだ？　おむつをつけられてたお前は、ケージの中で涎まみれだったお前は、どこに行った？　信号の「止まれ」と「進め」を見分けて横断歩道渡ってさ、重いランドセル背負って学校行って、他の子と一緒に一つ一つ漢字を覚えてる。時々、テストでひどい点だったって泣きべそかいてるけど、それでも勉強机で一つ一つやり直しているな。悪いが、おれにはそいつの意味がよくわからない。教えてやりたくても教えられないんだ。だけど、お前なら一人で大丈夫だよ。

「苦しそうだよ。お薬で治せないの」

「お医者さんが言っていたでしょう。サチは病気じゃないの。老衰なのよ。悲しいけれど、これが寿命なの」

「嫌だよ、そんなの」

「仕方がないんだよ、太郎」

「嫌だ嫌だ嫌だ！　どうして？　どうしてぼくたちはまだ生きられるのに、サチだけが先に行かなきゃいけないの」

父さんも母さんも、黙り込んでしまった。ぎゅっと、タロを抱きしめる気配がする。

「そういうものなのよ」

震える声。床に微《かす》かな振動。誰のものだろう、大きな涙の粒が落ちている。

タロ、まだわかってなかったのか。あんまり父さんと母さんを困らせるなよ。いいか、おれとお前はちょっと違うんだよ。

そりゃおれだって、初めのうちは気になったさ。どうしてお前の皿はテーブルで、おれの皿は床なのか。お前は毎日風呂に入れと叱られるのに、どうしておれは時々でいいのか。

お前が身につける服、靴、帽子。おれはそんなものつけなくても平気なのに。お前の体毛は上の方にちょっぴりしか生えてない。お前には尻尾がないけれど、その分いろんな吠え声を使い分けられる。お前が四つ足で歩いていたのはほんの僅かな間だけで、あっという間に後ろ足だけで動き回るようになった。どうやってんだ、それ？　立つだけならまだわかるけど、走るのを見たときには仰天したぜ。

おれの方が得だ、と思ったときもあった。お前が羨《うらや》ましかったこともあった。だけど、今じゃ気にならない。

だってそんなの、些細《ささい》なことだろう？

「辛《つら》いよ。こんな思いするなら、犬なんかいない方がよかった」

タロがそう叫んですぐ、ぱしんと音がした。たぶん母さんがタロを叩いたんだ。タロはわんわん泣きだした。父さんが母さんをなだめる気配。

「しばらく彼らだけにしておいてやろう」

そう言って、二人が部屋を出て行く足音。タロはおれにすがりつくようにして、長いこと泣き続けていた。

なあ、タロ。

気持ちはわかるぜ。だけど考えてみろ、誰だって完璧に同じ時間を生きられはしない。人同士だってそうだろう。

実はおれ、そんなに寂しくないんだ。だっておれとお前は家族だから。見えないリードが繋がっているから。何も変わらないんだぜ。おれとお前の関係は、これからも、何も。

タロは顔を拭った。ぐしょ濡れだったけれど、涙は止まっているようだった。

「心配しなくていいって、言ってくれてるの？　サチ」

そうさ。おれの目を見ろよ。感じるんだ。伝わるだろう。

「怖いんだ。サチがいなくなったら、胸が痛くて痛くて、どうにかなりそうで」

大丈夫だ。胸に手を当ててみろよ。脈打ってるだろ、暖かいだろ。お前の心臓が動き続ける限り、そこにおれもいるよ。

サチは両手で胸を押さえた。

「生まれてから、ずっとサチがいたんだ。サチがいない世界なんて、生きていけないよ」

お前がおれを感じるとき、おれもどこかでお前を感じている。必要な時、呼べばいいんだ。これまでそうだったように、これからも同じだ。

「ありがとう、サチ。ごめんよ。犬がいない方がよかった、なんて言って。あれ、嘘だよ。ぼく、サチがいてくれて、本当に……」

タロがおれの顔をそっと撫でる。その感覚が、少しずつ遠のいていく。体の表面が痺《しび》れるように、薄れていく。

「サチ?」

眠いような、寒いような。ずっと暮らしたこの家と、春の陽気に溶け込んでいくようだな。

「父さん、母さん、来て。サチが!」

足音が遠く聞こえる。まわりが暖かい。声がする。

「サチ、今までありがとう。母さんだよ。あなたがどこに行っても、私はあなたの母さんだからね」

母さんが抱きしめてくれている。

「サチ、寂しいよ。こんなに寂しいだなんて思わなかったよ」

父さんが鼻を啜《すす》っている。

ひときわ大きな声は、やっぱりタロだった。その声だけははっきり聞こえ、意味もわかった。

「兄ちゃん！」

おれに覆い被《かぶ》さるようにして、タロは叫んだ。暖かい雨のように、涙がぽろぽろと降ってくる。ああ、おれもお前のように泣けたらなあ。どうして犬は、こういうときに泣けないのかな。

「兄ちゃん、兄ちゃん」

そうとも。おれはお前の兄ちゃんだぞ。どれだけ時間が過ぎても、お前が大人になっても、いつか新しい家族を作っても、ずっと。

しっかりやれよ。

さよなら、タロ。

朱野帰子

昨日もキーボードがめちゃくちゃになりました

朱野帰子　Akeno Kaeruko
2009（平成21）年『マタタビ潔子の猫魂』でデビュー。'13年『駅物語』がヒット。'18年『わたし、定時で帰ります。』が刊行され「働き方改革小説」として話題に。同作は翌年ドラマ化された。

コロナ禍がはじまって一年たったころ、会社が「週一回出社するように」と言ってきた。が、刑部慧太《おさかべけいた》は家から出られなくなってしまっていた。

猫にめちゃくちゃにされてしまっていたのだ。

話は数週間前に遡《さかのぼ》る。吉祥寺《きちじょうじ》にあるマンションで、刑部慧太は不穏な朝を迎えていた。

いつもなら六時半には胸にどっしりと体重がのせられ、ナーという呼び声がする。それでも起きないでいると、唇の皮膚の上に細い爪《つめ》がかかる。それでも目を開けずにいると、鼻をガブッと甘噛《あまが》みされる。かなり痛いので起きざるを得ない。……はずなのだが、今日は猫が起こしにこない。スマホの時計を見ると七時だ。寝室は静まりかえっている。リビングのほうからも、そして仕事部屋のほうからも何も聞こえない。

寝たまま耳をすませていると、カリッ、カリッ、という音が遠くから聞こえてきた。

なにか大事なものが損なわれている予感に駆られ、慧太は上半身を跳ね上げた。

猫はどこにいる？　布団《ふとん》を足で除《の》け、寝室を出て、パジャマの裾《すそ》から出た裸足《はだし》で床を蹴《け》り、リビングを歩いて行き、その奥にある仕事部屋にたどりつく。ドアはない。前にこのマンションに住んでいた持ち主も一人暮らしだったらしく、寝室以外がオープンな作りになっているのだ。

カリッ、カリッ、という音は完璧《かんぺき》にセッティングされたデスクから聞こえてくる。

慧太の大事なキーボードの上に猫はいた。

背中を丸めてキーボードをいじっている。慧太が忍び足で近づいてきたことにも気づかない。「何してるの?」と話しかけると、肩がびくっと動いた。小さな頭蓋骨《ずがいこつ》がめぐらされ、金色の丸い目が見開かれた。こちらを凝視している。

慧太の視線は猫の前脚の先に動いた。爪がキーの下に差し込まれていた。

「ちょっ」慧太の声がうわずる。「キーを外そうとしてる? だめだよ!」

あわてて猫を抱き上げて床に降ろす。そして「起きるのが遅れてごめん、朝ご飯食べよう」とキッチンに向かおうとした。しかし猫はついてくるそぶりはするものの、右の前脚を宙に浮かせ、頭をデスクの方へ向けている。

猫が見ているのは慧太のキーボード。その名はリアルフォースだ。東プレという日本のメーカーが開発したハイエンドキーボード。一つひとつのキーが独立していて、キーキャップを外した下に「軸」と呼ばれるスイッチがついているのが特徴だ。この軸は種類がたくさんあるのだが、慧太が持っているリアルフォースが採用しているのはそのどれとも一線を画す静電容量無接点方式。

キーが押し込まれ電極同士が一定レベルまで接近すると、静電容量の変化を検知して入力されたことを伝える仕組みになっている。力を入れなくてもキーがスコッと沈みこんでいく感覚は病みつきになる。打鍵音《だけんおん》は静かでミスタッチを防ぐとも言われている。キーボードに興味がない人には何を言っているのかわからないだろうが、東プレのキーボードは正確な入力を要求される業界の人たちから愛されてきた。

仕事で使うものだからこそ、余計なノイズがあってはいけないと、デザインは現在のシリーズになってからさらに美しくなった。無線接続可能なのでケーブルも必要ない。ゆえに高額である。三万円もした。

「このキーボードだけはいじっちゃだめ！」

慧太は両腕を広げると、猫をわしゃっと抱き上げ、仕事場の外に出した。

キッチンでキャットフードを皿に開けて「食べな」と声をかけたが、いつもはスタタタタと寄ってくる猫がこない。もしやとふりかえると、猫は仕事場に戻って、デスクに飛び乗っていた。

リアルフォースの公式サイトにはこう書いてある。

「仕事にプライドを持ち、一切の妥協をせず、目標に向かって夢中で取り組む〝本気な人〟のために。その能力を最大限に発揮するための高品質な道具を提供しています」

そんなキーボードの下に猫は爪を差し込んでいる。カリッとやっている。

「だからだめだって！」慧太は猫をキーボードから剝《は》がそうとしたが、爪がキーに引っかかったままだ。爪もキーボードも傷つけないように外そうとしていると、猫は前脚を跳ね上げた。カリッ！

「delete」キーが宙に舞った。

あっ、という間もなく床に落ちた。猫は体をうねらせ、慧太の胸を蹴って、床に降りたち、体をぴたりと止め、前脚だけでそーっと「delete」キーを触った。そして「待て！」という間もなく、前脚を大きく振りかぶると「delete」を打った。かなりの飛距離が出て「delete」は壁に跳ね返り、作りつけのクローゼットの下の小さな隙間《すきま》に転がりこんでいった。

このマンションは一年前に中古で購入した。このクローゼットは前の住人が作って置いていったものなのだが、床との間に隙間を作っておくなんて迂闊《うかつ》にもほどがある。猫が猫用のおやつ、ちゅ〜るで遊んでいて、この隙間に蹴り入れてしまい「出せない」と怒ることもしばしばあった。クイックルワイパーの柄の部分を入れるには狭いし、菜箸《さいばし》では長さが足りない。まあ、ちゅ〜るはまた買えばいいし、隙間はいつか塞《ふさ》ごう。そう思っていた。その油断と先延ばしの間隙《かんげき》へ「delete」のキーは入っていった。

「ああ」と跪《ひざまず》いて隙間を覗《のぞ》いている慧太の後ろで、カリッと音がした。ふりかえると猫は次のキーを剝がしていた。立ち上がってどのキーか見る。「S」だ。

「だめだめだめ、それよく使うキーだから！」

だが猫は慣れたものだ。「S」をカリッと外すと床に落っことし、慧太が追いつく前に飛び降り、両手でキーを揉《も》んでいる。キーが弾《はじ》かれて転がると、興奮してまた飛びつく。「S」をドリブルしながら、猫はリビングの方へ走っていく。

「お願い、返して」

中学の頃を思い出した。毎年行われていた球技大会が慧太は憂鬱《ゆううつ》だった。世の中には信じられないほど身体能力が高い人がいる。バスケットボールが前方に飛んでいったと思ったら、後ろにいたはずの同級生がボールのさらに前にいた。宙に浮いているボールにその手は吸いつき、シュートを決めていた。慧太は右往左往していただけだった。

猫はキーをくわえ、キッチンの調理台に飛び乗り、慧太が駆け寄ってくる前に、素早くシュートを決めた。「S」はシンクに落ち、排水口に転がっていった。

昨日寝る前に、排水口カバーもゴミ受けも外して、ハイターを入れた洗い桶《おけ》につけておいたのだった。だからキーをキャッチしてくれるものがない。……が、今ならまだ拾えるかもしれない。焦《あせ》って排水口を覗きこんだ瞬間、頭の半分が冷たくなった。水が流れてきたのだ。「うわっっ！」と叫んだときには「S」は押し流されていった。

「えっ、なんで水？」

猫が水道のレバーを押し上げたのか。いつの間にそんなことを覚えたのか。そう思ったが、顔を上げると水道の蛇口からやや離れたところにすまし顔でいる。どうやら焦った自分の頭がレバーを押し上げてしまったようだ。くそっ。

これでキーが二つも失われた。猫は三つめを求めてまた仕事場に走っていく。

今日はワーキングチェアを見にいこうと思っていた。打鍵負担が軽減されるチェアがあるとエンジニアのブログ記事に書いてあったので、ハーマンミラーのショールームに試し座りに行く予定でいたのだ。しかし、もう外出するどころではない。

慧太は全速力で走った。自宅で走ることになるとは思わなかった。外しやすそうなキーを物色している猫を再びわしゃっと抱いて、デスクから剝がした。キーボードを壁の有孔ボードにかけようとしたが、よく考えたら猫のほうが縦の移動に強い。しかたなくデスク脇《わき》のスチールロッカーにしまった。失敗したのはしまうところを見られたことだ。慧太は扉の前に立った。獲物《えもの》でも狙《ねら》うようにうろうろしている猫から目を離さず、パジャマのポケットからスマホを出してＬＩＮＥする。

「早朝にすみません。猫がキーボードをめちゃくちゃにしてくるのですが」

ＬＩＮＥした相手は、猫飼いの先輩、サクさんだ。本名は聞いていない。保護猫を引き取りに行った施設で「猫を飼うの初めてですよね？　でしたら、この方を先輩だと思って、困ったときはいろいろ訊《き》くといいです」と担当者にＬＩＮＥ交換を強引にさせられた相手がサクさんだった。「二匹目をお迎えに来たのですよ」と話していたその人は、慧太よりやや年上の男性で、長く伸ばした髪を一つにまとめていた。おそらく会社員ではない。悪い人ではなさそうだが、どんな仕事をしているのかわからない人と個人情報を交換したくなかったので、互いにアカウント名を聞くだけにした。そのアカウント名が「サク」だった。どんな漢字を書くのかもわからない。

「キーボードをめちゃくちゃにしてくるとは？」サクさんから返信があった。

「キーを外しちゃうんです」

「キーって外せるものなのですか」

「安価なメンブレンキーボードは外せません。でも僕が使ってるメカニカルキーボードはキーが一つ一つ独立しているんです。キーキャップを外して洗ったりもします。特別にデザインされたキーキャップに交換したりして、カスタマイズすることも」

「そんな沼があったとは」

キーボード沼についてレクチャーしている場合ではない。慧太は尋ねる。

「キーキャップを外すときは、傷つけないようにキープラーって器具を使ったりするのですが、ぶっちゃけ竹串《たけぐし》とかをさしこんでも外れてしまうんですよ」

「猫ちゃんでも外せてしまうってことなんですね。器用な子ですねー」

「外して遊んでいる間になくしちゃうんです」慧太は焦ってまた文字を打つ。「猫ってそんなことをするものなんですか?」

「うちの子はパソコン周りのもので遊ぶってことはまずないですね」

　まるでうちの猫の行儀が悪いと言われているみたいだ。なんとなくイラっとする。

「三万円もするキーボードなんです」と打ったが、驚いた顔のリアクションがついただけで同情してくれる感じはない。「対処法をご存知でしょうか?」

「Amazonでキーボードカバーが売られてます。でもキーボードの上に猫が乗っかるのを防ぐためのものなので、カバーとキーの間には隙間があります。キーは外せちゃいますね。今検索してますが、キーを外す猫はどうやら特殊事例のようですねー」

「猫の行動を矯正する方法はないんですか?」慧太はフリック入力で文字を打つ。

「矯正?」サクさんからすぐ返信があった。「矯正って今いいました?」

「なにかまずいことを言いましたか」

「猫を飼うのが初めてだとおっしゃっていたので、あえて言いますが、猫を矯正するなんてことがあってはなりません。矯正、それは私が最も嫌う言葉です。いえ、ほとんどの猫飼いがその言葉を嫌っていると思いますよ。猫は好きに生きているだけなのです。それによってトラブルが起こるのであれば、人間が悪いのです」

「人間が悪い」慧太は繰り返す。

「キーキャップは交換できるんでしょ?　新しいのを買えばいいじゃないですか」

「キーキャップは一個ずつ買えないんです。全部買うと一万円くらいするんですよ」

「そもそもキーキャップを外せてしまうようなキーボードがそこにあるのが悪いのです。そんな楽しげなものがあればどんな猫だって一つや二つ剝がしたくなります」

「いや特殊事例だってさっき……」

「キーを外せないキーボードにしたらどうですか」

「僕に今さらメンブレンキーボードを使えと？」

驚いた顔のリアクションがついた。「わりとわがままなんですね」

「わがまま」そんなことを言われたのは初めてだった。

「キーボードって使わないキーがたくさんありますよね？　一つや二つなくなったっていいじゃないですか。欲しがっているならばあげてしまえばいいじゃないですか」

「でも、なくなったのはdeleteとSです。deleteがなければ文字が消せないし、Sがなければ名前も打てません」

「キーボードはそれしかないんですか？」

「ノーパソのペラいキーボードならありますが……」

「Sを打ちたいときはそっちを使えばいい」

「めちゃくちゃ言わないでください。とにかくこれ以上キーがなくなったら明日以降の仕事に差し支えるんです」

それについたリアクションはあきれ顔だった。どうでもいいと感じているのだろう。会社で働いたことがない人なのかもしれない。だが、これ以上、一度しか会ったことのない人に食い下がるのも悪い気がした。「善処します」とだけ慧太は返した。

猫は仕事場からいなくなっていた。リビングに置いた皿から朝ご飯を食べている。慧太は一息ついた。ロッカーからこっそりキーボードを出すと、胸に抱えてこっそりキッチンに移動した。吊《つ》り戸棚を開けて、キャットフードの箱の隙間にキーボードを押し込んだ。ここならば手が届くまい。

翌朝、起きてみると、猫は仕事場の周りをうろうろと歩いていた。デスクに飛び乗り、キーボードを探している。朝になれば出てくると思ったのかもしれない。

「ふっ、ふっ、ふっ、もうそこにはないんだよ」

朝ご飯を出してやり、自分もその横で食べた。

あっという間に仕事の時間になった。今日の会議は社員の意識改革についてだ。社内広報との連携が必要なので広報部の男性社員が出席することになっている。社内のオンライン会議に出るだけなのに、彼はツーブロックの髪をきれいに整え、Apple純正のワイヤレスイヤホンを耳にはめて、カメラもプロ並みのものを揃《そろ》えている。慧太は顔出しをしたくないのでカメラはいつも切っているのだが、キラキラ広報男性を相手にノートパソコンのペラペラなキーボードを打ちながら「ガバナンスとは」と説明するのは情けなかった。キータッチも気に入らない。高いキーボードを買うことのデメリットは、安いキーボードが許せなくなってしまうことだと聞いていたが、その通りだった。

キッチンの戸棚からリアルフォースを取り出してきてデスクに置いた。

「delete」と「S」のキーが失われているキーボードは間が抜けていた。完璧性を欠いてしまっている。

しかたなく左端の「E／J」というキーを引き抜く。「半角／全角」を切り替えるキーだが一度も使ったことがない。それを「delete」の位置にはめた。「S」のところには右端にある「pageup」というキーを外してはめることにした。

これで仕事ができるようになった。試しに打ってみたが、いけそうだ。

慧太がキーボードを打っているあいだ、猫は手を出せない。気に食わないのか、ゲーミングチェアの背もたれに何度も飛びついて、柔らかい合皮に爪を立て、ささくれを作る作業を繰り返していた。慧太が作業している間、モニターとキーボードの間に挟まるように入りこんできたりもした。

鳴き声をマイクが拾ってしまったのか、「あれ、猫飼ってます？」とキラキラ広報男性の声が優しくなった。「私のうちにもいるんですよ、二匹」

「はあ」としか答えられない。キーに伸ばしてくる猫の手をブロックしながら雑談に応じるほどのコミュ力が慧太にはない。何度かブロックしていると猫は顎《あご》を胸に埋《うず》めて寝てしまった。

これで仕事ができる。

キー荷重三十グラムのキーは触れた瞬間に文字が出る。一日一万字打っても疲れない。いつの間にか慧太は作業に没頭していた。

「刑部さんはノイズキャンセルイヤホン要らずだよね」

出社していたころはそう言われていた。作業を始めると雑音が吹き飛んでしまうのだ。上司に肩を叩《たた》かれるまで話しかけられていることに気づかないのは日常茶飯事。大量の文字を打ち終わって立ちあがろうとしたら足に力が入らなかったこともある。

「あれ」と戸惑っていると、たまたまやってきた社員が「カロリー不足では?」と教えてくれた。種田さんというその人は、制作部のマネジャーで、もうすぐ部長になるという噂《うわさ》がある人だった。社内で有名なワーカホリックで、仕事の持久力を維持するためにランニングシューズを会社に持ちこんでいるらしい。「走るのも打鍵するのもカロリーを食うんですよ」そんな話をしてくれた後、種田さんはニヤッと笑って「リアルフォースはいいですよね」と誉めてくれた。慧太も答えた。「キー荷重三十グラムだとマック配列がないんですよね。だから会社支給のノーパソをWindowsにしました」それを聞いて種田さんは小さく頷《うなず》いた。「ガジェットは人と違って裏切らない。いつでも完璧な仕事をしてくれる」

会社支給のキーボードでは満足できず、最高の仕事道具を追求していることに気づいてもらえて嬉《うれ》しかった。飲み会にも顔を出さず、同僚とのつながりは仕事だけ。種田さんはそんな人だと聞いたことがある。自分と似ていると思った。

今日も完璧な仕事をした。

書類の文字を打ち終えると頭がふらふらした。「カロリー不足」という言葉を思い出して立ち上がる。キッチンにいき、実家の母が送ってきた焼き菓子の箱からフィナンシェをとって、口にくわえて仕事場に戻ろうとしたときだった。

猫が前脚でキーを打ちながら仕事場から出てきた。キーが宙にはねあがると、捕まえようと後脚で立ち、空気をかいている。

「やられた」

猫はすばやくキーを咥《くわ》え、キャットタワーに駆けあがっていった。慧太の手の届かない頂上で腰を下ろし、顎を二重にして、こちらを見下ろしている。

今度はどのキーだ。キーボードのところまで戻った慧太は「ああああ」と声を上げた。

キーボードの中央に鎮座しているはずの無刻印キーがない。

「猫が！」

またサクさんにＬＩＮＥで愚痴った。

「どんどんキーがなくなっていきます！　今度はスペースキーです！」

サクさんからは、また驚いた顔のリアクションがついただけだった。

「スペースキーはでかいので他のキーで代用できません」

サクさんから返信がきた。「でかいのなら誤飲の心配もなさそうですね。実はこの前、キーキャップで遊ぶと聞いてから心配していたんです」

「心配なのは仕事です。僕がいる部署は今すごく忙しいんです」

「キーボードを打たなくていい部署に異動させてもらっては？」

「そんな部署はありません。うち、デジタル企業ですよ？」

「じゃあ会社を辞める」

サクさんはいったい何を言っているんだ。泣き顔のリアクションだけ返して、メルカリアプリを開く。メルカリにはたまにリアルフォースのキーキャップがバラで売りに出される。カスタマイズした人がいらない分を売りに出すのだ。だが、タイミングが悪いのか、スペースキーは出品されていなかった。キーボード全体のキーキャップを丸ごと注文するしかない。Amazonでポチろうと検索したが「在庫なし」と出た。いつ入庫するかもわからないらしい。はあっとため息をついたときだった。

猫がなにか紐《ひも》のようなものを咥えてスタスタと歩いていくのが見えた。うなじの毛が逆立った。慧太は立ち上がった。足音を立てて追いかけるとキャットタワーに登られてしまうので、すり足でついていき、猫がソファに飛び乗って腰を下ろした瞬間、わっと覆《おお》いかぶさって、咥えていたものを引き出した。

「あああああ！」

イヤホンだった。柔らかいゴムのコードが嚙み千切られていた。完全に切断されて銅線が見えてしまっている。「やられました」とサクさんにLINEした。

「今度はイヤホンです。作業中に聴くやつです。秋葉原のイヤホン専門店に行って、ケーブルにこだわって購入して、十万円もしたやつ」

今度ばかりは同情してくれるだろうと思いきや、こんな言葉が返ってきた。

「柔らかそうで嚙みやすかったのでしょうね」

「悪いのは僕でしょうか？」

「そうですね、悪いのはいつも人間なので」

「猫の方が悪いということはないんですか？」

「そうだったとしても、人間は猫に奉仕するために存在しているので……。ケーブルを嚙まれたくないのならBluetoothにしては？」

「Bluetoothも持ってますが、たまに途切れるし、音質的に不利なので……」

そう返しながら、次に襲われるのはなんだろうと恐ろしくなっていく。

デスクに目をやると、そこには変なところに「E／J」と「pageup」がはまったキーボードがあった。スペースキーがあったはずのところにはむき出しのスイッチ。

種田さんの言葉を思い出した。「ガジェットは人と違って裏切らない」

入社してから十年以上、自分に完璧な仕事をさせてくれていたガジェットたちがめちゃくちゃにされてそこにあった。

明日からどうやって仕事をすればいいのか慧太はわからなくなっていた。


ネットヒーローズに新卒入社した刑部慧太が経営企画室に配属されたのは十五年前のことだ。

経営企画室とは、代表取締役の経営戦略を分析し、実務に落とし込んでいく部署だ。そう書くとかっこいいが、実際はとても泥臭い部署であることを配属されてから思い知った。

会社は三年前に「残業を減らし、定時退社が実現されれば、給与のベースアップを行う」ことを社員に約束した。その実現のために走り回ったのが経営企画室だ。業務が効率的になるオフィスの在り方を検討したり、形骸化《けいがいか》している書類仕事を廃したり、地道な制度改革や意識改革を積み上げていかなければならない。それゆえ「他部署の人たちに愛されなければならない」というのが経営企画室長の口癖だった。しかし、慧太は愛されるための努力が苦手だった。

愛されてこなかったわけではない。

むしろ慧太は子供の頃から愛される存在だった。周囲の大人たちからは「この子は大人のような話し方をする」と言われていたし、小学校の担任教師は個人面談で母に「周りの子が馬鹿《ばか》に見えているのではないか」と言ったらしい。それに対して母はこう答えたそうだ。

「たしかに、この子は大人みたいな話し方をします。ですが、私には普通の子に見えます。他の子と同じようにくだらないことで傷つくし、他の子と同じように些細《ささい》なことで喜ぶからです。なので普通に扱っていただけると助かります」

でも、教師からの扱われ方が変わることはなかった。難しい問題になると必ず指された。同級生たちも「慧太がやるのが一番早い」とグループ実習のまとめを頼んできた。彼らの期待に応《こた》えるため、夜中までかかってまとめを作った。眠気で重たくなっていく瞼《まぶた》をこすりながら、同級生たちは何をしているのだろうと考えた。ファイナルファンタジーをやっているのか、あるいは寝ているのか。

経済的余裕がない家だったので公立中学に進んだが、そこでも慧太は際立《きわだ》った存在になった。一年生の一学期の期末試験の後くらいから隣のクラスの話したこともない女子がやってきて、テストの点数を教えてくれと言ってきた。彼女も「頭のいい子」と言われて育ってきたのかもしれなかった。慧太の点数の方が上であることが何度か続くと、こう言われた。「あなたさえいなければ」彼女は伸びた前髪をピンで止めて、きれいなおでこを出していた。そこに皺《しわ》が寄っていた。

その次の中間試験の点数を慧太はわざと落とした。それを知って、彼女がどう思ったかはわからない。それ以来、慧太の教室に来ることはなかった。

トップクラスの都立高校に進んだ慧太はそこでも居場所がなかった。「頭のいい子は頭のいい子たちのなかに混じった方が楽になれる」と言われたりもしたが、そんなのは嘘《うそ》だ。公文《くもん》に通っていただけなのに首席で合格した同級生は、入学してしばらくは「すごい」と言われていたが、そのうち一人でいるところをよく見かけるようになった。わずかな努力で結果を出してしまうその子と同じ場所にいることをみんな嫌がったのだ。

慧太は授業中にこっそり漫画を読むようになった。やる気のなさを前面に出した。ほどほどの成績を取って目立たないようにしていれば、「あなたさえいなければ」と言われることもない。それは心を守るための防衛機制だった。

就職さえすれば状況が変わるだろうと思っていた。会社は能力主義だ。とりわけベンチャーは能力がある人材を求める。そこでだったら、自分の能力を過小に見せることなくいられるかもしれない。

しかし慧太は新人研修でしくじった。

チームに分かれて、組織体制の改善提案をコンペ形式で行う演習で、慧太は資料をまとめる役を割り当てられた。期待に応えなければと思った。同期たちが出してくる改善提案はどれも、この間まで学生だった域を出ないものだった。研修を施す側の先輩社員たちが求めるレベルには届いていなかった。そこで慧太は同期たちの改善案をベースにしつつ、会社の事業内容や内部管理体制の現状についての分析をした上で、「上場をめざすのであればガバナンスを強化する必要がある」という結論へむかう内容に組み上げた。

慧太のプレゼンを聞いた役員は「社長に聞かせたかった」と褒めてくれたが、チームメンバーは微妙な顔をしていた。新人研修が終わった後、同期みんなで居酒屋に行った。個室の中央から同期たちはさっと座った。慧太は隅に座った。二時間にもわたる宴会の間、誰も話しかけてこなかった。トイレで席を外して戻ってくると「頭が良すぎて引く」と誰かが言うのが聞こえてきた。自分のことを言っているのだろう。

ここでもだめだったのだ。

どんな表情も浮かべないようにして隅の席に戻ると、もうひとり、隅っこでビールを飲んでいる同期がいた。東山というその新人社員は、チームの作業を管理する別の演習で、部下役の同期を追いこむほどに作業効率を上げていた。それで同期から疎《うと》まれたのだろう。ぬるくなったビールを飲みながら彼女は「リーダーにむいてない」と言っていた。グラスについた水滴を潰《つぶ》しながらこうつぶやいてもいた。

「同期に愛されないいんだったら会社から評価なんかされなくてもいい」

新人研修の後、「自信をなくした」と同期がひとり辞めた。その事実を知らせてきた先輩社員に冗談まじりに慧太は言われた。「お前と同期にならなくてよかったわ」

翌日、退職願を出した。「同期とうまくやれません」というのが理由だった。先輩社員は慌《あわ》てて退職願をどこかに持っていった。一時間後、慧太は社長室に呼ばれた。

スーツを着ていない社長はただの猫背のエンジニアに見えた。ベンチャーを立ち上げて数年しかたっていなくて、気苦労が多いのか、社長の顔は疲れていた。「プレゼンの動画見たよ」と言われた。「君を辞めさせるわけにはいかない」とも言われた。そして、経営企画室に行かないかと提案された。

「あそこなら誰にも会わずにできる仕事がたくさんある」疲れた顔でそう言うと、社長は付け加えた。「ただし、他者に愛される役割を他の同僚に押しつけるわけだから、君はこれから誰よりも頭のいい社員でい続けなければならない。その〝役〟をやり続けることができる？」

社長は誰かから聞いたのかもしれない。慧太が「頭が良すぎて引く」と言われたことを。

「はい」と慧太は答えた。「文句のつけようのない実績を出します」

同期に愛されることよりも、会社から評価されることのほうを慧太は選んだのだ。

かくして刑部慧太は経営企画室に配属され「社長のお気に入り」と呼ばれることにな

った。それ以来、経営企画室をほとんど出ていない。同期たちにも会っていない。

会社に出勤すると経営企画室のオフィスに入る。パーテーションで区切られた集中ブースに入る。始業から終業まで資料を作り続ける。部署の外の人たちとのコミュニケーションはメールやチャットなどのテキストベースで行う。

同僚と業務上必要な会話はする。オフィスに訪れた人と一言二言話すことはある。でもほとんどの同僚は、慧太の顔を見たことがない。ラウンジでコーヒーを飲んでいても誰にも気づかれない。同期たちが「経企に行った同期っていたじゃん」「ゴーストね」と話しながら目の前を素通りしていったこともある。

社内にいるのに見たことがない。だから「ゴースト」。そう同期たちから呼ばれているのだとそのとき知った。

ネットヒーローズは一年前、上場を果たした。上場前の審査で矢面に立つのが経営企画室だ。膨大な量の質疑応答のための書類作成を行わなければならない。同僚たちが一週間で「発狂しそう」と忌避していたこれらの作業を、慧太は一手に引き受けた。リアルフォースのキーボードは過酷な労働を完璧に支えてくれた。

なんとか上場を終えると、慧太は三十六歳になっていた。燃え尽きたのか会社から去った同僚もいる。ベンチャーではなくなり、普通の企業にネットヒーローズは成長していく。そんな変化についていけない気持ちは自分にもある。だが「社内の人にほとんど会わなくていい」などという寛容な会社が他にあるとも思えない。慧太はこの会社から動けない。

あと数年で四十歳になるというのに、何も変化しないままでいいのだろうか。

そんな焦りが湧《わ》いたのだろうか。慧太は不動産屋に足を運んでいた。「お勤め先、上場されているんですね」と不動産屋は言い、ローン審査はすんなり通った。この数年、何十万字、何百万字とキーボードを打ってきたこれが成果だ。

新型コロナウィルスが日本を襲ったのはマンションの引き渡しが済んだ後だった。会社は全社員の勤務をフルリモートに切り替えた。オフィスから一歩も出ない生活を、社員全員が送ることになった。慧太は特別扱いされる社員ではなくなった。

そうなることを望んでいたような気がする。なのにそうなってしまったら、なんだか違うような気がした。

気づいたら、猫の保護施設に譲り受けのための面談を申し込んでいた。猫の飼育方法を調べて、ペット保険の加入の準備もした。迷子になった時のためにマイクロチップを埋めこむ手術も必要になるかもしれない。準備と手続き。それこそ得意分野だ。どのような文章を書けば好印象を持たれるか、安心感を持ってもらえるかを考えることは誰よりも得意だった。

仔猫《こねこ》を育てる自信がなかったので、譲り受けるのは成猫《せいびょう》と決めていた。愛くるしい表情をしている仔猫たちの前を通り過ぎていって、ケージの隅っこに寄りかかって、無気力なまなざしでこちらを見ている白と灰色のハチワレの成猫を見たとき、うまくやれそうだと思った。大人しそうだし、仕事の邪魔もしなそうだ。

「なんて名前にするか考えましたか」と保護施設の担当者に言われて、慧太は言葉に詰まった。考えていなかったので、「性格を知ってから名付けます」と答えた。

慧太は持参したケージに猫を入れて、このマンションに戻ってきた。

その猫は、保護施設の担当者によると、十四もの猫を多頭飼いしていたお年寄りの家で育ったらしい。手厚い世話をされていなかったのか、あるいは他の猫たちに仲間はずれにされていたのか、最初は警戒して近寄ってこなかった。皿に餌を開けても、慧太が離れてから寄ってくる。食べている間もピリピリしていて、そばを通ろうものなら、パッと頭を上げて身構える。だから食事中は離れて仕事をすることにした。

そのうち、慧太がそばを通っても、気にせず食事を続けるようになった。飼い始めて一ヶ月たったころ、慧太の足の間をすり抜けていった。二ヶ月たったころ、ソファで映画を見ていた慧太の隣に座った。普通の飼い主ならば、なかなか距離が縮まらないことにヤキモキしたかもしれない。だが、慧太にとってはむしろ快適だった。これくらいの距離感があった方がコンフリクトが起こらなくていい。

困ったのは猫の名前が決まらないことだった。アニコム損害保険株式会社が「猫の日」に合わせて行なった調査によると、一番人気のある名前が「ムギ」、二位が「レオ」、三位が「ソラ」らしい。四位以下も、可愛《かわい》らしい名前が続く。しかしそのどれも、この猫にマッチする感じがしない。

そもそも性格がよくわからない。一日のうちの大半を、部屋のあちこちに置いた段ボールに入って過ごしている。膝《ひざ》に乗ってきても、ベッドに潜りこんできても、静かにおとなしくしている。どんな個性を持っているのかさっぱり見せてくれない。

焦って名前をつけなくてもいいんじゃないか。しばらくは互いの境界を侵すことなく、このまま暮らしていけばいい。

経営企画室で慧太と同僚たちの関係がそうであったように。

だから、猫が突然その境界を越えてきたことに――慧太が大事にしているガジェットで遊びだしたことに動揺してしまったのかもしれない。

イヤホンは結局買い直すことになった。しかし、Amazonの梱包材《こんぽうざい》から出したとたん、また噛みちぎられた。「ああああ」と情けない声が口から出たが、サクさんにもう相談はしなかった。どうせこう言われる。「悪いのはいつも人間です」

ケーブルへの未練を断ち切り、Bluetoothイヤホンを使うことにした。

どうして猫のためにここまでしなきゃいけないのか。そんないらだちを抱えるようになった。そしてそんな自分にもわけのわからない怒りを覚えた。

「猫の行動を矯正する方法はないんですか？」そう尋ねたとき、サクさんがこう返してきたことを思い出す。「猫を矯正するなんてことがあってはなりません」

あのとき頬を引っぱたかれたように思った。他者といっても猫なのだから、余計なノイズを起こさず、こっちに合わせてくれると慧太はどこかで思いこんでいたのだ。猫なのだから？　いや人間相手のときでも、慧太はそうだった。相手が自分に合わせて行動するべきだと思っていたような気がする。

「あなたさえいなければ」とか「頭が良すぎて引く」とか言われた時、本当はこう思っていた。

煩《わずら》わしい。

普通なやつらの感情に振り回されたくない。仕事の邪魔をされないよう遠ざけておきたい。

サクさんの言う通りそれは「わがまま」だったのだろうか。めちゃくちゃになったキーボードを見ていると、考えないようにしてきたことを考えてしまう。

そういえば入社したばかりのころ、社長は言っていた。君はこれから誰よりも頭のいい社員でい続けなければならない。その〝役〟をやり続けることができる？　と。慧太のことを「頭がいい」とは社長は一度も言わなかった。

もしかしてと慧太は思う。見る人から見れば、自分はたいした人間ではないのかも？

「頭がいい」と今でも思っているのは自分だけなのかもしれない。「頭が良すぎて引く」と言われたのだって、慧太のことを言われていたのではないのかもしれない。

もしかしたら自分は、他者と関わるのが下手なだけで、だから特別扱いされたくて、周りがそれに合わせてくれていただけなのかもしれない。

制作部のマネジャーの種田さんが結婚するという話を聞いたのは、彼が慧太のキーボードを褒めてくれたすぐ後だった。完璧な仕事を好む彼が、他者を自らの人生に受け入れる決断をしたという事実は、慧太に意外なほどの衝撃を与えた。

しかも結婚相手は東山だった。自分と同じように居酒屋の隅でビールを飲んでいたやつ。彼女は制作部のサブマネジャーに昇格していた。聞けばチームメンバーからの信頼が厚く、社長からのトップダウンで立ち上げる新規事業のリーダーになることも決まっているという。評価されなくてもいいのではなかったのか？

結婚に憧《あこが》れていたわけでも、出世したいと思っていたわけでもない。一人で生きることに後ろめたさを感じたことも、不都合を感じたこともない。

なのに、自分がぐらぐらしていくのを感じていた。

ありふれた幸せの形にはまっていく同僚たちを見ているといらだつ。

動揺のあまり、慧太は社内にいくつか立ち上がることになった新規事業の一つ――官公庁及び地方自治体のデジタルトランスフォーメーション支援を行うチームの社内公募に手をあげていた。採算が取れるかどうかもわからないそのチームでは、東山がリーダーになることが決まっていた。彼女とチームの立ち上げをやりたいという意思を伝えたとき、経営企画室長は「経企から出たいってこと？」と尋ねた。「いえ、上場も控えていることですし、経企にいさせてください」と慧太は答えた。「社長の許可が必要だ。君はお気に入りだから」と、室長は言ったが、社長の許可はあっさり降りた。一つだけ確認してきたそうだ。「あいつは経企から出る気になったのか？」と。そして室長が「いえ」と答えると、社長はこう言ったそうだ。「時機が来てないいんだな」

時機が来てない？　それは成長できていない社員に言う言葉だ。普通の社員のような扱いをするな、とさらに心がぐらぐらした。

東山と面談した。ただし顔を見せたくないのでカメラを切ってオンラインで話した。新人研修から十一年ぶりに話した彼女はまったく変わっていなかった。違うのは、前よりも開けた空気をまとっていたことだ。管理職を経験して人として成長したからなのだろうか。彼女は笑顔で言った。

「同期がチームに加わってくれるなんてほんと心強い」

東山は軽率に人を褒める。そう聞いたことがあった。だから実務能力はさほど高くないのに部下に慕われる。そううまくやって出世したのだ。「ゴースト」として会社のラウンジに座っているときに、同期たちがコーヒーを飲みながら話しているのを聞いた。でも慧太は、それを「うまくやった」とは思えなかった。

人を褒めるのはわりに難しい。ほとんどの人は褒められる側に回りたがるからだ。東山だって例外ではないだろう。もしかしたら、誰よりも褒められたがっているかもしれない。そんな気持ちを脇に置いて、相手の心に届く言葉を発するなんてこと、誰にもできることではないのだ。

「東山が戦略を示してくれたら、それを僕が現場に落としこむ」と慧太は言った。「その代わり僕に今まで通りに働かせてほしい」

「経企から出ないってこと?」と東山は社長と同じことを確認してきた。「ううん、それはどうかなあ。新チームを立ち上げるときは同じ場所にいて仕事をした方がアジャイルにできると思うんだけど」

「今まで通りの働き方ができないのなら、東山とは一緒に働けない」

特別扱いをされたかった。そうでないと他の人と同じく普通になってしまう。

東山は「ううん」と腕を組んで悩んでいたが、「まあいいか」とすぐにうなずいた。

「私も働き方にはこだわるほうだしね。刑部がそうしたいなら、なんとかする」

「ごめん」と慧太は一応謝った。

「謝らなくていい。社長のお気に入りとまで言われたその頭の良さを発揮してくれさえすれば。頼りにしてる」

東山は社長と似ている。いつか権力を握るかもしれない同期のそばにいれば、特別でい続けることができる。四年前の自分は無意識にそう思っていたのかもしれない。

しかし、東山と仕事を始めた後も、自分がぐらつく感覚を止めることができなかった。だから猫を飼ったのかもしれない。胸に乗ってきたときの重たさ、長い尻尾《しっぽ》が自分の頬をかすめたときのくすぐったさに癒《いや》されているところはある。温度を持った存在がすぐそばにいるのだという実感がある。

そのたびに考えてしまう。

このまま「ゴースト」でい続けていいのだろうか？　生きた人間に戻らなくてもいいのか？

まさか、と慧太は慄然《りつぜん》とした。もしかして他者と関わりたいのか？

そんなこと！　それこそ普通の人間の考えることじゃないか。

キーボードもBluetoothイヤホンも、ついでに充電できるスマホスタンドも、仕事が終わるとスチールロッカーにしまって南京錠《ナンキンじょう》をかけた。クローゼットと床の隙間も塞いだ。猫が好むおもちゃのランキングを調べて、Amazonで買いこみ、部屋中に撒《ま》いた。これでうっかりキーボードを出しっぱなしにしても大丈夫だろう。

足にまとわりついてくる猫を見下ろして慧太は宣言した。

「もうお前にめちゃくちゃにはされない」

猫はリラックスした表情を浮かべて慧太を見上げて、ナー、と鳴いている。

「可愛い声出したって無駄だ。ガジェットは僕の完全管理のもとに置かれることとなった」

猫は長いしっぽをゆったりと振りながら、すたすた歩いていった。そしてシンクの下にくると、蛇口のそばに飛び乗って、また、ナー、と鳴いた。

水が飲みたいのだろう。水道のレバーを押し上げて、水用の皿に汲《く》んで床に置いてやる。猫は皿とレバーとを交互に見ていたが「皿から飲んで」と慧太が言うと、床に飛び降り、舌を鳴らしながら飲みはじめた。

キーは三つも失われたし、二十万円分のイヤホンも失われ、犠牲にしたものは大きかったが、これでようやく平穏を得た。

仕事場に戻って、リアルフォースのキーボードを出して仕事にとりかかって、しばらくしたときだった。猫の気配がないことに気づき、慧太は目をあげた。

「ご飯の時間過ぎちゃったかな」

そう言いながら、慧太はリビングに足を踏み入れた。

足の裏が冷たい。もう片方の足を前に踏み出すとパシャッという音がした。何が起きたかを飲みこむのに時間がかかった。キッチンを見ると、猫が調理台に乗って、水道のレバーを押し上げたり、押し下げたりしていた。蛇口の先はシンクではなく、調理台に向いている。流れ出した水は調理台からキッチンの床に滴《したた》り落ち、リビングに海を作っていた。どれくらいの間、水は出っ放しだったのだろう。慧太は視線をリビングの時計に向けた。仕事を始めたのはたしか十六時だったはずだ。

今、時計の針は二十時を過ぎていた。

「会社が週一回は出社するように言ってきてる」

東山がその連絡を伝えてきたとき、刑部慧太は家から出られなくなっていた。

コロナ禍におけるフルリモート勤務が半年以上続いた結果、精神に不調をきたす社員が増えているのだと彼女は報告してきた。チーム全体の会議の後に、二人きりになったときに切り出してきたのだ。とくに新卒社員たちは、先輩社員たちとうまく関係を築けず、疲弊しているそうだ。

「来週くらいに出社できないかな？」

即座に「無理だ」と答えた。「こうしてオンライン会議に出ているだけじゃだめなの？」

「でも、いつもカメラを切っているよね。刑部がどんな人なのかもよくわからないまま仕事をしてるっていうのも新卒たちには不安らしい」

「カメラをつければいいの？」

「うーん、それでもいいけど、カメラ越しでは伝わらない雰囲気ってあるじゃない？」

だが、出られないものは出られないのだ。ふりかえると、猫がキッチンの調理台に飛び乗っている。水道のレバーを押し上げている。水を出すのが面白くなってしまったのだ。

「もちろん刑部のストレスになることは避けたいけど——私たちもう三十七歳だし」

東山の言わんとすることもわかる。自分たちは中堅社員で若い社員に気を遣う方にいるのだ。

だが——慧太の視線はまたキッチンに行く。猫は水が出ないのが不服そうで、何度もレバーを上げたり下げたりしている。

あれから三度もリビングに海を作られた。そのうち二度はスーパーに買い物に行っている間に起きた。もう一度は寝ている間だ。水道代の請求も怖いが、もっと怖いのはキッチンの床が腐って剝がれはじめたことだ。張り替えるのにいくらかかるか考えたくもない。

なので水道を使わないときは元栓を閉めている。しかし、家を出ようとするたび「本当に元栓を閉めたか？」が気になってしまう。不安でしょうがなくて家から出られず、最近はもっぱらネットスーパーを利用している。

「新卒社員のメンバーの一人が対面で相談に乗ってくれって言ってきてる」

チームの危機であることはわかっている。しかし「出られない」と慧太は言う。

「そっか、出たくないか」

そうではなく出られないのだが、猫のせいだなんて言えるわけもない。

「私の方でなんとかしてみる。刑部には刑部の働き方を貫いてほしいしね」

働き方なんてものは猫のせいでもはやめちゃくちゃなのだが、それも言えない。

「感染リスクを東山だけに負わせてしまってごめん」

「まあ、いいって。久しぶりに外に出たい気分だったし、朝から晩まで夫婦だけでいるのもそろそろ限界だしね……」

その言い方が引っかかって、慧太はつい言った。

「東山は好きな人と結婚したんだと思ってた」

「結婚してもう四年」モニターの向こうで、東山はおかしそうな顔になる。「他人と暮らすのって大変なんだなって痛感するフェーズにきてしまったんだよね」

「たとえば？」慧太が尋ねると、東山は「そこ突っ込んでくる？」と笑った。そして、後ろを気にしてから、モニターに向き直って、声を小さくしてぼやいた。

「小言が多いんだよ……」

意外な気がして慧太は言った。「種田さんのこと言ってる？」

「俺のキーボードの上にものを置くなとか、俺のイヤホンを勝手に持っていってイヤーピースをなくしてくるなとか、マイクロマネジメントがすぎる。あ、ちょっと待って、ビール飲みながらでいい？　定時過ぎたよね？」

東山は消えた。誰もいないモニターを慧太は眺める。キーボードにイヤホン。どこかで聞いた話だ。

遠くから東山が誰かと話す声が聞こえた。しかしすぐに缶を持って戻ってくる。

「あー、ごめんごめん、お待たせしました。……よっと。飲みすぎってうるさくてさ……。リモートになってから家で飲むことが増えたじゃん？　コロナ禍をきっかけにアル中になった人が増えてるってやたらと言ってくるんだよ」

「それは」飲みすぎる東山が悪いのではと慧太が言いかけたとき、

「わがままなんだよね」と、東山は缶をプシュッと開けながら言った。

どきりとして慧太は尋ねる。「わがまま？」

「人の自由を制限しすぎなんだよ！」

「でも、キーボードの上にものは置かない方がいいし、人のイヤホン持ってくのは良くないし、ビールは飲みすぎない方がいいよ」

「飲みすぎてしまいたい夜もあります」

堂々と言われてしまうと、そうかもしれないと思えてくる。でも反論したくなって慧太は言った。

「そうかもしれないが、東山の好きにさせといたら生活がめちゃくちゃになっちゃうじゃん」

「好きに生きたい」東山はビールを飲んでいる。「じゃなかったら何のために仕事をしてるわけ？」

「東山はそうかもしれないけど、種田さんは完璧《かんぺき》に暮らしたいんじゃない？」

「だからって相手をコントロールしようって？」東山は勢いよく飲みすぎたのかむせて、ティッシュ箱からティッシュを抜いている。「コントロールしたがる人って、アンコントロールな状況になるとパニクるじゃん。普段からアンコントロールな状況を経験していた方がいいんだって」

自分が悪いなんてまるで思っていないその口調は、サクさんみたいだ。いや、猫が喋《しゃべ》ることができたなら、こんな口調で言うのかもしれない。好きに生きたい、と。

「実は……うちの猫もキーボードをめちゃくちゃにしてくるんだよね」つい慧太は言っていた。「昨日もやられた。すでにキーキャップが五個も失われてて」

「どのキーがなくなったの？」

「スペースキーとか。リアルフォースのキーボードなのに」

「ウケる」東山はすでに酔っている。「種田さんもリアルフォースだから、そこからスペースキーを外して刑部にあげようか」

「種田さんのキーボードがめちゃくちゃになっちゃうじゃん」

「そうだ、スペースキーをあげるって言ったら会社に出てきてくれる?」

「東山が怒られるって」

「大丈夫、小言は言ってくるだろうけど、私には甘いから」

その言葉を聞いて、慧太の心はまたぐらぐらする。なぜだろう、すごくぐらぐらする。

東山はさらに言ってきた。

「刑部だって許しちゃってるじゃん、猫ちゃんのこと」

「許してはないよ!」

「許してるって」東山は二本目の缶を開けている。「さっき、キーボードをめちゃくちゃにしてくるって言ったとき、可愛くて仕方がないって声してたよ」

慧太は胸が詰まった。「僕が? どんな声してた?」

「……え? はいはい、わかりました!」東山は慧太の問いに答えてくれない。「そろそろご飯だって。とにかく来週のことは私に任せて。……はい、わかったって、すぐ行く! あとこれは無理を承知で言うけど、いつか刑部に会って、顔を見てビール飲みたいな。愛する猫ちゃんの名前もその時に教えて。じゃね」

東山はモニターから消えた。

愛する猫ちゃん。

その言葉に最大級にぐらぐらさせられる。立ち上がった拍子に椅子《いす》の脚につま先をぶつけた。痛みにうめきつつ、リビングに移動した。こっちもご飯の時間だ。

だが、猫の姿が見えない。

今度はなんだと思っていると、浴室の方からバシャバシャという音が聞こえてきた。

まさか！　つま先の痛みを忘れて、慧太は走り出した。全速力で浴室にたどりつき、わずかに隙間《すきま》の開いた中折れタイプの扉を押し開けると、バシャバシャという音はさらに大きくなった。身体《からだ》中が沸騰《ふっとう》するような恐怖に襲われ、浴槽の蓋《ふた》を渾身《こんしん》の力で剝《は》がす。

その下で、猫が必死に水をかいていた。

「ばか！」

もがいている腋《わき》の下に手を入れて抱き上げる。毛が濡《ぬ》れた猫はものすごい力で慧太にしがみついてきた。シャツを越えて慧太の胸に爪を食いこませながら、なぜもっと早くこなかったのかと言いたげな怒りに満ちた顔で、カシャッと咳《せき》をするように水を吐いている。思わず言った。

「ばかばか！」

浴槽の蓋が少しだけ開いていたのだろう。あと少し発見が遅れていたら、取り返しがつかないことになっていたはずだ。その後のことは考えたくもない。

「風呂《ふろ》に入ったら水を全部抜く」自分に言い聞かせる。もう安心だと思ったらなぜだか緊張が高まってきた。「今度から絶対にそうする」とまた自分に言い聞かせる。それでも足りない気がした。「ばか」と今度は自分に言う。

今起きたことを慧太は何度でも思い出してしまうだろう。そのたびに大声で叫びだしたくなるだろう。

大変なことになってしまったのだと、慧太は遅まきながら気づいた。

もう自分は今までのように生きることなどできない。

これからもこの生き物は好きに生きるだろうし、自分はそれを許し続けなければならないのか。アンコントロールな状態に置かれ続けるのか。

自分がどうなってしまうのか予想もつかない。たまらなく不安だった。

「僕の人生はめちゃくちゃだ」

そんなつぶやきが口から漏れた。

完璧にはもうなれない。

ここにいるのは猫を愛してしまった自分だ。

水を吐いてしまうと、猫は慧太の胸を押しのけ、浴室の床にスチャッと降りた。ブルッと身震いして水を払うと、スタスタと浴室を出ていく。床がまた水で濡れていく。

慧太は洗面所から猫用のタオルをとってくると、何度も身震いをしては、水を撒き散らしている猫の背中を追いかける。「風邪をひくから」と乾燥機で乾かしたタオルで包みこむ。全身をしっかり拭《ふ》いてやりながら、つぶやく。

「名前はメチャだ」

頬を拭かれて変な顔になっている猫に「めちゃくちゃのメチャだよ」と教えてやる。

そして慧太は言った。

「僕の人生をめちゃくちゃにしていい」

そう言ってしまったらなぜだか息が楽に吸えるようになった。

十分に水気を取ったメチャを解放してやると、慧太はタオルをドラム式洗濯乾燥機に投げこんだ。そして思った。

特別でない自分のことも、そろそろ受け入れてやろう、と。


「おー、メチャ、久しぶり！」

慧太のマンションにやってくると、サクさんは真っ先にメチャに駆け寄っていった。

メチャはサクさんに抱き上げられて目を細めている。

「人懐《ひとなつ》っこくなったなあ」

「そうですか？」慧太はドリップコーヒーの袋を破りながらいう。このマンションに人を招いたのは初めてだった。招く日が来るとは思ってもみなかった。

「保護施設で見たときはさ、もっと人間に気を遣ってたじゃない？　でも今は露骨に迷惑そうにしてる。この家に来て、愛情を注がれるうちに、安心してふるまえるようになったんじゃないかなー」

「キーボードはめちゃくちゃになりましたけどね」

サクさんのために淹《い》れたコーヒーをダイニングテーブルに置くと慧太は言った。

「今日はすみません。どうしても出かけなければならない事態になりまして」

「頼っていただいて嬉しいです」サクさんは幸せそうにメチャを撫《な》でている。「ワンオペで猫を飼うって大変ですよね。家中にカメラを設置してる人もいるくらいです」

「やっぱりガジェットって完璧な仕事をしてくれるんですね」

「でも人間は完璧にはなれないので、たまには外出して息抜きもした方がいいですよ。うちは夫婦で飼ってるので余裕があります。いつでも呼んでください」

「僕のためにすみません」

「え？」サクさんは露骨に困惑した顔になる。「あなたのためなわけないじゃないですか。猫に奉仕するために人間は存在しているのです」

「そうでした」慧太は笑った。「サクさんは自宅でお仕事されてるんですか？」

「もともとは会社勤務のデザイナーだったのですが、猫を飼い始めたのが独身時代で、やはりワンオペで育ててまして。不在中のことが心配すぎたんですよ」

「まさか猫のために」

「会社を辞めました。今はフリーランスです」

一年ぶりに再会したサクさんはアイロンのかかった白シャツを着ている。猫には優しいが目の奥に鋭い光がある。会社員だった頃は、もしかして、彼もハードワーカーだったのかもしれないと慧太は思った。

「フリーランスで生きていくのは過酷ですが、猫の愛《いと》しさを思えばなんてことありません」サクさんの視線が仕事場の方へ向く。「……おや、あれがめちゃくちゃになったキーボードですね？　出しっぱなしにしといて大丈夫ですか？」

「スペアのキーがAmazonに入庫してようやく買えたので、好きなだけ外していいってことにしたんです。とはいえやはり誤飲が怖いので、僕が見ている時だけですが。出る前に隠します」

「わっ、猫のキーキャップだっ」

サクさんが興奮して見ているのは、デジタルクリエイターが作ってオンラインショップで売っている猫型のキーキャップだ。

「使わないキーのところにはめる装飾品です。カスタマイズ沼は深いので手を出さずにいたのですが……」

「どんどん猫中心の生活になっていってますね。いいことだなー」と腕を組んでニヤニヤしながら、「ところで今日はどこに行くんですか？」とサクさんは尋ねてきた。

「会社です」と慧太は答える。「一年ぶりの出社です。あの、それでもしかしたら定時後に同期と飲むことになるかもしれなくて……一杯だけで帰りますが」

「一杯でも二杯でも、ゆっくりしてきてください。コロナ禍になっちゃって飲みに行く機会がめっきり減りましたものね。同期の人とも一年ぶりですか」

「いや、同期に会うのは十五年ぶりです」

サクさんは変な顔をしている。

いつの間にかメチャがそばにきていて、足にまとわりついてくる。慧太が出かける気配を感じて不安なのだろう。

ふわふわの毛皮を抱き上げて、慧太は猫の匂《にお》いを思いきり吸いこんだ。

「ちゃんと帰ってくるから、それまで好きにしてな」

初出一覧

「笑う門」　小説新潮　二〇二一年十一月号
「猫とずっと一緒にいる方法」　小説新潮　二〇二二年十一月号
「忠告」　『私と踊って』新潮文庫
「あの陽だまりと、カレと」　小説新潮　二〇二一年十一月号
「夕映えに響く遠吠え」　同人誌『いぬねこ　いぬのはなしとねこのはなし』
「やばいコンビニの山本君と、猫の恩返し」　同人誌『いぬねこ　いぬのはなしとねこのはなし』
「タロにさよなら」　書きおろし
「昨日もキーボードがめちゃくちゃになりました」　書きおろし

もふもふ

犬猫まみれの短編集

新潮文庫　し-21-108

令和六年二月一日発行

著者　カツセマサヒコ　山内マリコ
恩田陸　早見和真
結城光流　三川みり
二宮敦人　朱野帰子

発行者　佐藤隆信

発行所　株式会社 新潮社

郵便番号　一六二―八七一一
東京都新宿区矢来町七一
電話　編集部(〇三)三二六六―五四四〇
　　　読者係(〇三)三二六六―五一一一
https://www.shinchosha.co.jp

価格はカバーに表示してあります。

乱丁・落丁本は、ご面倒ですが小社読者係宛ご送付ください。送料小社負担にてお取替えいたします。

印刷・錦明印刷株式会社　製本・錦明印刷株式会社

ISBN978-4-10-180280-0　C0193